BBULMEDIA

www.b-books.co.kr

www.b-books.co.kr

울트라 코리아 ULTRA KOREA

1판 1쇄 찍음 2021년 8월 18일
1판 1쇄 펴냄 2021년 8월 26일

지은이 | 정사부
펴낸이 | 정 필
펴낸곳 | (주)뿔미디어

편집장 | 문정흠
기획·편집 | 한상덕

출판등록 | 2002년 9월 11일 (제1081-1-132호)
주소 | 경기도 부천시 원미구 소향로17, 303(두성프라자)
전화 | 032)651-6513 팩스 | 032)651-6094
E-mail | bbulmedia@hanmail.net
비북스 | http://b-books.co.kr

값 8,000원

ISBN 979-11-6713-361-8 04810
ISBN 979-11-6565-919-6 04810 (세트)

정사부 현대 판타지 장편 소설

7

울트라 코리아

ULTRA HOREA

BBULMEDIA FANTASY STORY

CoNTEnTS

1. 링링의 고민

인류의 발전은 투쟁의 역사다.

석기에서 청동기, 그리고 철기까지.

무리를 지어 부족을 이루고, 마을이 도시가 되고, 국가를 이루는 과정에서 여러 가지 통치 이념이 나타났다 사라지곤 했다.

고대에는 지배 세력, 즉 왕과 귀족들이 권력을 차지하기 위해 갖은 술수를 부리며 피지배자들을 착취했다.

그러나 시간이 흐를수록 부당한 권력에 대항하는 사람이 등장하고, 많은 이들이 그 뜻에 따라 혁명이 시작되었다.

이후, 세상이 뒤바뀌었다.

적어도 겉으로는 신분으로 사람을 차별하지 않고 모두가 평등한 세상이 도래한 것이다.

물론 이런 세상에서도 사회적 불평등은 존재했다.

다만, 그 대상이 바깥으로 확장되었을 뿐.

사람들은 국가라는 체계 안에서 한데 뭉쳐 착취의 대상을 타국으로 삼았다.

바야흐로 제국주의가 모습을 드러낸 것이다.

그 과정에서 많은 인명이 스러져 갔지만, 이미 식민지라는 달콤한 과실의 맛에 취한 국가들은 야욕을 버리지 못했다.

하지만 영원할 것 같던 제국주의 시대도 얼마 가지 못하고 파국을 맞이할 수밖에 없었다.

우습게도 그 원인은 멈출 줄 모르는 욕심이었다.

더 많은 식민지를 갖기 위해 제국주의 국가들간에 동맹과 연합이 형성되고, 둘의 충돌은 필연일 수밖에 없었다.

거의 대부분의 나라가 휘말리게 된 세계대전이 벌어지고, 이는 한 번에 그치지 않았다.

제국주의의 종말을 고하게 된 두 번째 세계대전에서 인류는 경악했다.

전쟁 막바지에 이르러 끝까지 제국주의를 고수하던

일본의 도시에 두 개의 폭탄이 떨어졌기 때문이다.

리틀 보이(Little Boy)와 팻 맨(Fat Man).

전혀 심각해 보이지 않는 이름의 폭탄이 가져온 후폭풍은 그야말로 엄청났다.

전원 옥쇄를 주장하던 일본 군부의 무조건 항복을 이끌어 냈을 뿐만 아니라, 기존의 전략 전술 따위는 무용지물로 만들어 버린 것이다.

이후 세계는 자본주의를 대표하는 자유민주주의 진영과 공산주의를 대변하는 사회민주주의로 나뉘어 대립을 이어 갔지만, 전과 같은 대규모 전쟁은 감히 시도하지 못했다.

그들도 아는 것이다.

다음 세계대전에 사용할 무기는 무엇이 되었든 간에 그 이후 인류의 생활은 철기시대 이전으로 돌아갈 것임을.

그래서일까.

겉으로 평화를 연출하는 사이, 그 이면에서는 더더욱 치열한 전쟁이 형성되었다.

소위 스파이란 존재를 통해 상대의 약점을 찾고, 상대가 가진 무기를 빼앗아 오는 어둠 속 혈투.

그 경계는 비단 전문적인 훈련을 받은 이들에게 국한된 것이 아니었다.

　　　　*　　　　　*　　　　　*

　민상기와 서동일은 로대 빌딩으로 들어서는 링링을 조용히 뒤쫓았다.

　밍치엔 코리아는 겉으로는 그리 수상할 게 없는 연예 기획사인지만, 그 속을 들여다보면 의심스런 정황이 한둘이 아니었다.

　링링 역시 밍치엔 코리아에 소속되어 스파이라는 혐의가 씌워져 국정원의 감시 대상에 올라 있었다.

　"감청팀, 들리나?"

　― 감도 양호하다. 상황이 어떠한가?

　"현재 타깃이 스카이라운지로 들어가고 있다. 접선 상대를 확인하는 즉시, 도청 장치를 설치할 계획이다."

　― 알겠다. 노출되지 않게 주의 바란다.

　간단히 상황을 보고한 민상기는 링링의 움직임을 가만히 눈으로 쫓았다.

　이윽고 링링이 어떤 남자가 있는 테이블에 다가가 앉자, 서동일과 함께 자연스레 근처의 테이블에 자리를 잡았다.

　곧 얼마 지나지 않아 종업원이 다가오자, 천연덕스럽게 말을 꺼냈다.

"음, 난 밀크티 마실 건데, 넌 어떻게 할래?"

"난 커피."

"야, 이 시간에 무슨 커피야?"

"그야 내 맘이지. 아가씨, 밀크티 하나랑 커피 한 잔 부탁드릴게요."

주문을 받은 종업원이 돌아가자, 민상기는 조심스레 말을 꺼냈다.

"야, 너무 오버하지 마. 그러다 괜히 시선이라도 끌면 어쩌려고 그래?"

"너야말로 되도 않는 연기는 하지도 마라."

"……."

"뭐, 대충 이 정도 거리면 별문제 없이 감청이 가능할 것 같으니, 얼른 설치나 해."

서동일의 핀잔에 민상기는 궁시렁거리면서도 착실하게 도청 장치를 테이블 아래 설치했다.

늦은 시간이다 보니 스카이라운지에는 손님이 많지 않았다.

덕분에 감청을 하는 데는 어려움이 없겠지만, 그럴수록 의심을 사는 행동은 피해야 했다.

둘은 주문한 음료가 나온 후에도 한참 동안 자질구레한 대화를 나누며 평범한 일반인을 가장하다가 자연스럽게 자리를 떠났다.

[마스터, 주변에 이상 신호가 잡힙니다.]

오랜만에 만난 링링과 즐겁게 대화를 나누던 수호는 갑작스런 슬레인의 보고에 고개를 갸웃했다.

'이상 신호?'

[네, 그렇습니다.]

스카이라운지 안에는 손님도 그리 많지 않고, 조명도 적당히 어두웠다.

그렇기에 딱히 의심스런 정황은 보이지 않았다.

'슬레인, 진원지가 어디고, 어떤 상황인지 알아봐.'

[네, 알겠습니다.]

명령을 받은 슬레인은 바로 추적에 들어갔다.

그런 후, 채 몇 초가 지나지 않아 전기신호를 포착했다.

그 위치는 수호가 앉은 테이블에서 8미터가량 떨어진 테이블 아래.

그곳에 설치된 장비로부터 로대 빌딩 외부에 주차된 밴으로 송신되고 있었다.

[알아냈습니다.]

'정체는?'

[아직 거기까진 파악하지 못했습니다. 다만, 종류로 보건대, 도청 장치인 듯싶습니다.]

'나를 노린 건 확실해?'

[그럴 가능성이 90퍼센트 이상입니다. 지금 이곳 스카이라운지에 있는 사람들 중 딱히 타깃이 될 만한 대상은 없습니다.]

슬레인의 보고에 수호는 잠시 고민하더니, 바로 명령을 내렸다.

'슬레인, 일단 도청 장치를 처리해 줘.'

[알겠습니다, 마스터.]

인위적으로 도청 장치를 제거하면 감시하던 이들이 상황을 파악할 테지만, 수호는 더는 고민하지 않기로 했다.

자신에 대해 어느 정도 알려지더라도 그에 대한 대비가 충분하다는 판단하에 내린 결정이었다.

명령이 떨어지자, 슬레인은 바로 행동에 들어갔다.

팟!

순간, 조용한 스카이라운지에 작은 노이즈가 발생했다.

하지만 잔잔한 음악이 흐르는 상황에서 그 소리를 들은 사람은 수호, 한 명뿐이었다.

*   *   *

"악!"

"으윽!"

갑작스런 노이즈에 감청을 하고 있던 이들이 비명을 지르며 헤드셋을 벗어 던졌다.

이들은 국정원 3처 2실에 소속된 인원들로, 링링에 대한 감청을 하던 중이었다.

"젠장, 들켰군."

이들 중 선임 요원인 이중원 주임은 노이즈 이후 아무런 소리도 들려오지 않자, 무슨 상황인지 바로 파악할 수 있었다.

"정일아, 지금 당장 민상기하고 서동일에게 연락해. 대체 어떻게 도청 장치를 심었기에 이 꼴이야?"

사실 현장의 두 사람이 딱히 잘못한 것은 없지만, 이렇게라도 화풀이를 해야 마음이 진정될 것 같았다.

이정일 역시 이중원 주임의 말에 이때다 싶어 맞장구를 쳤다.

"으으, 맞습니다. 녀석들이 현장 요원이 됐다고 정신이 해이해졌나 봅니다. 이참에 단단히 주의를 주십시오."

사실 이정일은 민상기, 서동일과 같은 동기였다.

하지만 혼자 감청팀으로 배속되면서 두 사람에 대한 질투심을 버리지 못하고 그들이 실수하기만을 기다려 왔다.

그 삐뚤어진 마음을 한눈에 알아차린 이중원 주임이 따끔하게 질책을 했다.

"이정일, 너 자꾸 작전에 사감 넣을래?"

"…아닙니다."

"자꾸 쓸데없는 소리 말고, 어서 연락이나 해."

"…네."

같은 시각.

팟!

"윽!"

로대 빌딩의 객실에서 감청을 하고 있던 민상기와 서동일은 느닷없는 소음으로 인해 미간을 찌푸렸다.

그나마 다행인 것은 이들이 사용한 장비는 밴에 있는 감청팀의 것과 다르게 감도가 그리 예민하지 않다는 점이었다.

"야, 대체 어떻게 된 일이냐?"

오른쪽 귀에서 이어폰을 빼낸 민상기는 귓구멍을 손가락으로 후비며 물었다.

"나도 모르지. 그런데……."

서동일은 미간을 찌푸리며 뭔가를 고민하다가 다시 말을 이었다.

"아무래도 문제가 생긴 것 같은데?"

"문제?"

민상기가 의아해하며 고개를 갸웃하는 사이, 감청팀으로부터 무전이 들어왔다.

치직!

— 서동일, 민상기. 너희 대체 어떻게 물건을 장치했기에 들킨 거야?

이정일의 추궁에 두 사람은 어이가 없다는 듯 서로를 바라보았다.

"야, 얘가 지금 뭐라고 하는 거냐?"

"도청이 발각됐다는 것 같은데?"

"그게 무슨 말도 안 되는 소리야?"

서동일은 이해가 되지 않는다는 듯 이정일에게 무전을 보냈다.

"야, 그게 대체 무슨……."

하지만 이정일은 대화를 할 마음이 전혀 없는 듯했다.

— 됐고, 너희 둘, 회사로 들어가서 보자. 이 일에 대해 확실히 책임져야 할 거야.

그 말을 끝으로 무전이 끊겨 버렸다.

민상기와 서동일은 잠시 서로의 얼굴만 쳐다보며 두 눈을 깜빡거렸다.

"이 새끼 뭐야? 뭘 잘못 처먹었나?"

아직 상황 파악이 되지 않은 것인지, 서동일은 어이 없다는 듯 중얼거렸다.

"이정일, 이 새끼 하는 말을 들어 보면 우리가 설치한 도청 장치에 뭔가 문제가 생긴 것 같은데?"

"뭐? 어떻게? 누가?"

"그야 나도 모르지. 하지만 왠지 엿 된 것 같다."

사실 도청 장치는 아주 작은 크기라 딱히 신경 쓰지 않으면 걸릴 일이 잘 없다.

하지만 그렇다고 100퍼센트 장담할 수는 없는 노릇이다.

막말로 누군가가 지나가다 테이블을 건드려 불량이 날 수도 있는 일이니까.

물론 국정원의 장비가 그리 허술할 리는 없지만, 일이 이렇게 된 이상 누굴 탓하기도 어려웠다.

"하, 젠장. 돌아가면 엄청 깨지겠지?"

"정일이 녀석 말을 들어 보니, 완전히 우리 쪽에 책임을 넘길 것 같다."

"지금 감청팀 선임이 누구지?"

"음, 분명 이중원 주임이었을 거야."

"……."

민상기의 말에 서동일은 똥 씹은 표정을 지었다.

이정일도 그렇지만, 이중원 주임 또한 현장 요원들에

게 큰 콤플렉스를 가진 인물로 유명했다.

그런 까닭에 이번 일에 대한 잘못을 자신들에게 전가시킬 것은 보지 않아도 빤했다.

"상기야, 잘못하다가는 완전 독박 쓰겠다. 우리가 장비 설치할 때, 뭐 실수한 거 없지?"

"일단 생각나는 건 없는데, 워낙 변수가 많아서 잘 모르겠다."

"하, 이거 큰일이네. 감봉이라도 당하면 안 되는데……."

"어쨌든 여기 있어 봤자 할 일도 없으니, 일단 회사로 돌아가자."

"에휴, 그래야지."

＊　　　＊　　　＊

한편, 도청 장치를 처리한 수호는 다시 편한 마음으로 링링과의 대화를 이어 나갔다.

"요즘 촬영 중인 영화도 기대작이라고 하던데, 네가 보기엔 어때?"

"네. 오빠 말처럼 저도 기대돼요. 대기업이 후원하는 작품이다 보니 제작에 큰 어려움도 없고, 이대로만 끝나면 최소 700만을 넘길 거라고 하더라고요."

비록 주연은 아니지만, 그래도 비중이 있는 조연으로 출연하게 된 터라 링링 역시 작품에 대한 기대감이 무척이나 큰 듯했다.

"오, 그 정도야? 그럼 링링도 엄청 유명해지겠네?"

"헤헤."

수호의 칭찬에 링링은 조금은 편안해진 얼굴로 웃었다.

"그런데 들어올 때 보니 표정이 좋지 않던데, 혹시 무슨 일 있어?"

사실 링링에게 전화를 받은 수호는 조금 염려되는 부분이 있었다.

오랜 시간 뜸하다가 갑자기 연락을 해서 만나자고 하니, 그 이유가 궁금했던 것이다.

그래서 슬레인에게 링링에 대한 근황을 알아보도록 시켰다.

다행히 큰 문제는 없는 듯했지만, 그녀가 만나고 있는 남자들의 면면이 걱정되기는 했다.

남의 연애사에 관여할 생각은 없지만, 상대가 유부남이거나 약혼을 한 상태라면 좀 아니지 않은가.

LC전자 구진모 상무나 미래중공업의 정일수 본부장은 젊고 아름다운 링링이 만나기에는 적절하지 않아 보였다.

게다가 현재 링링이 출연 중인 영화의 투자와 후원이 LC전자와 미래중공업이니만큼 구설에 오를 여지는 충분했다.

"하~"

수호의 질문이 정곡을 찔렀는지, 링링은 짧은 한숨을 쏟아 냈다.

그와 동시에 밝아진 표정이 시든 꽃처럼 다시 어두워졌다.

"오빠, 예전에 비행기 안에서 만났을 때 제가 한 이야기 기억하세요?"

"응, 기억해."

무겁게 고개를 끄덕이며 말하는 수호의 대답에 링링은 왠지 마음이 놓였다.

그리고 자신의 사정을 모두 털어놓는다면, 왠지 고민이 해결될 것 같다는 기분이 들었다.

"제가 지금 뭘 하고 있는 것인지 저 스스로도 잘 모르겠어요."

"그게 무슨 말이야? 링링아, 자세히 얘기해 봐."

"실은… 저, 오래전부터 회사의 지시로 여러 남자들을 만나고 있어요."

"……."

그야말로 충격적인 고백에 수호는 잠시 동안 할 말을

잃었다.

하지만 그건 시작에 불과했다.

"제가 있는 밍치엔이 실은 중국 공안이 뒷배를 봐주는 곳이래요. 그래서 감히 지시에 거부하는 건 꿈도 못 꿔요."

이후, 링링이 담담하게 자신의 심경을 털어놓았다.

자신을 담당하는 장륜파 실장이 실은 중국 정보기관의 요원이며, 그로 인해 온갖 남자들을 억지로 상대해야 했다는 사실까지.

"최근, 마음이 가는 사람이 생겼어요. 그런데 지금 저는 매춘부나 다름없잖아요. 게다가 오늘도 사실은……."

급기야 눈물을 흘리는 링링.

뒷말은 끝맺지 못했지만, 수호는 충분히 유추할 수 있었다.

'슬레인, 장륜파와 밍치엔 코리아에 대해서 알아봐.'

[알겠습니다, 마스터.]

"자, 링링. 눈물 닦아. 예쁜 얼굴이 엉망이잖아."

수호는 울고 있는 링링에게 손수건을 건네주며 부드럽게 달랬다.

"…오빠, 고마워요."

"고맙긴. 이젠 좀 진정이 됐어?"

"네. 좀 울고 나니 괜찮아진 것 같아요."

수줍은 듯 슬며시 미소 짓는 링링의 모습은 30대라고는 믿기지 않을 정도로 청초했다.

2년 전, 관계를 가진 적이 있지만, 이후 두 사람은 철저히 선을 지켜 왔다.

그럴 수밖에 없는 것이, 그러지 않으면 두 사람의 인연은 거기서 끝이 나고 말았을 테니까.

만약 두 사람이 정식으로 교제를 했다면, 회사의 지시로 링링이 남자들을 만나고 다닐 때 파국을 맞이하고 말았을 것이다.

그렇기에 링링은 애써 수호에 대한 마음을 접으며 오빠 동생으로 남기를 선택했다.

비록 링링의 심정을 다 아는 것은 아니지만, 수호는 오빠로서 그녀를 도와주기로 마음먹었다.

"링링아, 걱정하지 마. 두 번 다시 그런 고통을 겪지 않게 오빠가 다 해결해 줄게."

링링의 사연을 들은 수호는 새삼 중국 정부에 대한 분노가 피어올랐다.

안 그래도 최근 들어 중국의 행태는 도를 넘어서고 있었다.

터무니없는 내정간섭은 물론이고, 한국의 인재나 기술들을 몰래 빼 가는 사례가 늘어나면서 양국 간의 감정이 최악으로 치닫는 상황이었다.

수호 역시 그러한 중국 정부가 마음에 들지 않았다.

필요할 때만 한국을 찾고, 상황이 좋을 때는 소국 어쩌고저쩌고하면서 거만스러운 행동을 취하는 꼴이 영 볼썽사나웠다.

그래서 대만에 무기를 공급하고, 또 전투기 생산 라인을 깔아 줄 생각을 한 것이다.

하지만 일단 그런 문제는 제쳐 놓더라도 링링에 대한 문제 해결이 우선이었다.

"링링아, 그전에 너에게 하나 물어볼 게 있어."

"그게 뭔데요?"

"만약 내가 나서게 되면 네 선택에 따라 한국에서 활동을 못 할 수도 있어."

"네?"

한창 한국에서 이름을 알려 가고 있는 링링은 전혀 예상 못 한 수호의 말에 조금 당황했다.

지금 이 시점에서 활동을 하지 못한다면, 더는 한국에 남아 있을 의미가 사라지기 때문이었다.

하지만 수호는 확고하게 못을 박 듯 이야기를 이었다.

"너도 알고 있는 것처럼 밍치엔은 중국 정부의 사주를 받고 있는 것이 맞아."

"……."

"그건 다시 말해 스파이나 다름없는 짓을 해 왔다는 소리지. 그 점에 있어서는 너도 그렇게 자유롭진 못해."

"설마……."

"네가 만났다는 LC전자의 구진모 상무나 미래중공업의 정일수 본부장. 그들 역시 장륜파나 중국 정부로부터 협박을 받고 있을 공산이 커."

수호의 냉정한 평가에 링링은 아무 말도 하지 못했다.

하지만 그런다고 해서 이미 저지른 일이 없던 게 되는 것은 아니었다.

"제가… 어떻게 하면 돼요?"

한참을 말없이 고민하던 링링은 결국 어렵게 입을 열었다.

"만약 한국에서 활동을 계속하고 싶다면 그냥 모른 척 지금까지 해 온 대로 하면 돼. 그게 싫으면 모든 활동을 접고 중국으로 돌아갈 수도 있고."

수호의 말은 단순히 연예계 활동에만 국한되는 것이 아니었다.

하지만 두 가지 모두 링링이 선택할 수 있는 여지는 없었다.

그녀가 비록 정식 스파이는 아니라지만, 이미 깊게

관여되어 있었다.

그러니 만약 한국 정부가 눈감아 준다 해도 중국 정부에서는 노출된 그녀를 그냥 놔두지 않을 것이다.

거기까지 생각이 미친 링링은 안색이 창백하게 질렸다.

"오빠, 저 좀 살려 주세요. 제가 잘못한 것은 맞지만, 절대 제 본의는 아니었어요."

1989년, 천안문 사태가 발발했을 당시, 그 소식을 외부에 알린 기자와 신문사가 어떻게 되었는지, 그리고 2019년 11월 중국 우한시에서 발생한 전염병의 위험성을 전 세계에 알린 이들이 어떻게 되었는지는 모두가 알고 있다.

어느 순간부터 사람들의 시야에서 사라지고, 두 번 다시 그들에 대한 소식이 들려오지 않았다.

그러니 링링이 이렇게 겁을 먹은 것도 충분히 이해가 되는 것이다.

"링링, 오빠 믿지?"

너무도 뜬금없는 질문이지만, 링링은 얼른 대답을 했다.

"네. 무조건 믿어요!"

남들이 들으면 무척이나 닭살스럽게 느껴질 법한 대화이지만, 질문을 하는 수호나 대답을 하는 링링은 더

없이 진지했다.

"좋아. 그럼 며칠 뒤에 내가 누군가를 소개해 줄 테니, 그 사람을 따라가서 국적을 변경해."

"네? 국적을 바꾸라고요? 어떻게……."

뜬금없는 수호의 제안에 링링은 약간 얼떨떨한 기분이 들었다.

하지만 자신을 위해 하는 말임을 알고는 조용히 고개를 끄덕였다.

사실 수호의 계획은 간단했다.

일단 국내에서 스파이 활동을 벌이고 있는 밍치엔 코리아나 중국 정부와 연관된 곳들을 찾아내 모두 박살낸다.

하지만 그 와중에 링링의 안위가 위험해질 수도 있다.

만약의 경우, 중국 정부가 꼬리를 끊기 위해 링링을 제거해 버릴 수도 있기 때문이다.

이는 비단 중국 정부뿐 아니라, 대부분의 나라들이 스파이를 처리하는 방식이기도 했다.

그런 일을 미연에 방지하기 위해서는 링링을 먼저 빼돌릴 필요가 있었다.

"괜찮겠어요?"

링링은 객실까지 데려다준 수호가 걱정 말라는 듯 미소를 지었다.

"응. 내 걱정은 말고 편히 쉬다 가."

"고마워요, 오빠. 그럼 부탁할게요."

"그래."

이윽고 방문이 닫히자 수호는 맞은편 객실로 들어갔다.

그러고는 곧장 어디론가 전화를 걸었다.

*   *   *

"부르셨습니까?"

자신보다 훨씬 어린 수호 앞에서 문성국은 마치 신병마냥 군기가 바짝 든 모습으로 인사를 하였다.

"네. 잘 오셨어요. 지금도 국정원에 연락이 닿으시죠?"

가볍게 인사를 받은 수호는 거두절미하고 바로 본론으로 들어갔다.

문성국 역시 그게 편한 듯 아무런 표정의 변화 없이 대응했다.

"네. 필요하시다면 국정원장과도 면담을 알선할 수 있습니다."

"그거 잘됐네요. 하지만 이번에는 그럴 필요 없을 것 같아요. 제가 메일 하나를 보내 드릴 테니, 그것을 국정원에 넘겨주시기만 하면 돼요."

수호는 별거 아니란 투로 이야기를 하였지만, 이를 듣고 있는 문성국의 입장에서는 전혀 달랐다.

도대체 무슨 내용이기에 자신을 불러 국정원을 언급하는 것인지 알 수는 없지만, 수호가 직접 나선 만큼 무척이나 중요한 일임을 알 수 있었다.

"혹시 무슨 내용인지 알 수 없겠습니까?"

단순히 메일을 국정원에 전달하는 것보다 무슨 내용인지 알고 그에 맞춰 조치를 취하는 것이 훨씬 수월하다는 사실을 잘 아는 문성국이었다.

만약 수호가 허락을 하지 않는다면 굳이 관여하지 않을 테지만, 그래도 혹시 몰라 일단 한 번 의향을 물어보았다.

"뭐, 아셔도 상관없습니다. 국내에서 활동하고 있는 중국 스파이들의 명단과 그들이 활동하는 거점, 그리고 관련 증거들입니다."

'헉!'

수호의 대답을 들은 문성국은 저도 모르게 헛바람을 삼켰다.

간단한 대답과 달리 그 내용은 정말 어마어마한 것이

었기 때문이다.

평소에도 수호가 무서운 사람이라는 것은 느끼고 있었지만, 이런 정보까지 갖고 있을 줄은 정말 꿈에도 생각지 못했다.

'뒤에 거대 조직이 있는 것이 분명해. 하지만 장군회는 아니야.'

문성국은 새삼 수호의 대단함을 느꼈다.

그렇지 않고선 자신이 속한 조직을 그렇게 손쉽게 제압할 수는 없기 때문이다.

대동회는 대한민국 건국 이래 막강한 권력을 바탕으로 성장해 왔다.

만약 중간에 파벌이 분열하지 않았다면, 대한민국은 이미 대동회의 수중에 들어갔을지도 모를 일이었다.

그런데 수호는 그런 대동회의 대부분을 장악했다.

문성국이 속한 파벌뿐 아니라 거의 대부분의 조직을 수중에 넣었다는 사실을 알게 되면서, 문성국은 더 이상 수호에 대한 반항은 꿈도 꾸지 않았다.

처음에는 주상욱이 가져온 정보를 바탕으로 크게 한탕을 할 수 있는 먹이라 여겼지만, 이제는 아니었다.

지금에 와서 생각해 보면, 장군회 또한 수호의 수족에 불과한 게 아닐까 하는 생각이 들었다.

"무슨 생각을 그리도 깊이 하고 있습니까?"

"아, 아닙니다. 누구를 만나 이것을 전달할지 생각을 하고 있었습니다."

잠시 딴생각을 하고 있던 문성국은 느닷없는 수호의 물음에 정신을 차리고 변명을 하였다.

"뭐, 어쨌든 알아서 잘 전달해 주세요. 대신 이번 일은 확실하게 처리하시길 바란다고 전해 주세요. 아, 그리고……."

수호는 말을 하다 말고 뭔가 생각난 것인지 표정을 굳히며 덧붙였다.

"저나 링링에 관해선 더 이상 조사를 하지 않았으면 한다고도 전해 주세요."

'이런 미친놈들!'

문성국은 수호의 이야기를 듣고 깜짝 놀랐다.

말인즉슨, 국정원에서 뒷조사를 하다 들켰다는 소리가 아닌가.

그가 아는 수호는 결코 건드려서는 안 되는 존재였다.

수호가 만들어 내는 물건들은 영화에서나 나올 법한 획기적인 것이고, 현시대의 무기 체계를 한 단계 업그레이드시킬 수 있을 정도였다.

뿐만 아니라 가지고 있는 재산도 천문학적이었다.

예전 문성국이 수호를 납치했을 때를 떠올려 보면,

영화 속 슈퍼 히어로가 오히려 수호만도 못 하게 느껴졌다.

그런데 그런 수호를 조사하다니, 대체 무슨 일이 벌어졌을지 보지 않고도 알 수 있었다.

"알겠습니다. 그 일도 확실하게 주지시키겠습니다."

"좋아요. 그렇게만 해 주세요."

"더 시키실 일이 없으면 이만 가 보겠습니다."

문성국은 전혀 흐트러짐 없는 모습으로 수호에게 인사를 하고 국정원이 자리 잡고 있는 내곡동으로 향했다.

그사이, 수호는 대만의 양상궈 부총통에게 연락을 취했다.

2. 대한민국의 포효

대통령 집무실은 싸늘한 냉기가 느껴질 정도로 얼어 붙어 있었다.

그도 그럴 것이, 조금 전 주한 중국 대사가 거하게 사고를 치고 떠난 것이다.

사실 중국은 80년대 이전까지만 해도 대만을 칭하는 명칭이었다.

현재 대륙에 존재하는 중국은 공산주의 국가라는 의미로 중공이라 불렸다.

그런데 미국이 소련을 견제하기 위해 중공과 수교를 맺으면서 국가 명칭이 대륙의 중국에게 넘어가 버렸다.

그로 인해 대만은 같은 자유 진영에 속해 있으면서도 많은 나라들로부터 국가 취급도 받지 못하는 신세로 전락했다.

그 와중에 대한민국은 거의 최후까지 대만과의 수교를 이어 갔으나, 결국 세계적인 흐름에 따를 수밖에 없었다.

저렴한 인건비와 무한한 시장이 보장되는 중국을 외면하기에는 대한민국이 처한 현실이 너무나 열악했다.

만약 한국이 고집을 부려 수교를 이어 나갔다면, 대만과 마찬가지로 국제사회에서 고립되는 건 너무도 당연한 일이었다.

당시 경제적 상황이 더 양호하던 대만은 한국을 맹렬하게 비난했다.

훨씬 전에 대만과의 관계를 끊은 미국이나 일본에 대해서는 아무 언급도 하지 않으면서.

이로 인해 한국인들은 냉엄한 국제 정세에서는 영원한 적도, 영원한 친구도 없다는 현실을 다시 한번 깨달을 수 있었다.

어쨌든 중국과의 수교 이후, 대한민국의 수많은 기업들이 대륙으로 진출하였다.

역시나 값싼 인건비와 넓은 시장 덕분에 초반에는 많은 경제적 이득을 거두게 되었다.

하지만 시간이 지날수록 폐쇄적인 공산주의의 특성 때문에 피해를 보는 기업들이 생겨났다.

기업을 운영하는 데 온갖 제재가 가해지는 것은 물론이고, 기술과 자본을 빼앗기는 경우마저 속출했다.

그렇게 야금야금 선진국들의 기술 노하우를 습득한 중국 공산당은 어느 시점이 되자 본색을 드러냈다.

값싼 노동력을 바탕으로 질 낮은 제품을 대량생산하여 시장에 뿌리기 시작한 것이다.

그 와중에 저작권이나 특허 따윈 무시되기 일쑤였다.

겉모습만 그럴싸한 물건을 팔아 짝퉁의 나라란 오명을 가지게 되었음에도 중국인들은 전혀 개의치 않았다.

오히려 어떻게든 돈만 벌면 그만이라는 마인드로 시간이 지날수록 우후죽순 짝퉁 제품들이 날개 돋힌 듯 팔려 나갔다.

이는 명백히 세계의 질서를 망가트리는 일이지만, 그런 것을 고민하면 중국이 아니었다.

그렇게 경제적인 기반을 마련한 중국 정부는 이후 군사력에 역량을 집중시켰다.

자체 기술은 부족하지만, 지금껏 해 온 대로 무기 또한 무차별적으로 카피를 한 것이다.

당연한 말이지만, 그렇게 생산해 낸 무기들이 제 성능을 발휘할 리는 만무했다.

겉만 그럴듯하게 찍어 냈을 뿐, 그 속을 들여다보면 무엇 하나 제대로 된 게 없었다.

물론 무기란 것은 일반 공산품과 달리 품질이 떨어져도 숫자가 많으면 큰 위협으로 다가오는 게 사실이다.

게다가 사람의 숫자가 넘치다 못 해 폭발할 지경인 중국의 상황에서는 단지 숫자만으로도 큰 무기가 되는 셈이었다.

그래서 중국 공산당은 어느 순간부터 안하무인이 되어 버렸다.

자신들이 쌓은 것이 언제 무너질지 모르는 모래성이라는 것을 깨닫지 못하고, 단순히 눈에 보이는 숫자에 취해 거만을 떨어 댔다.

그리고 그것은 방금 전 청와대 집무실로 찾아와 난리를 부린 중국 대사의 행동에서도 충분히 느낄 수 있었다.

*   *   *

"정동영 대통령님, 우리를 적대하면 무사할 것 같습니까? 아니, 어떻게 한국 같은 소국이 감히 대국의 일에 나서는 겁니까?"

주한 중국 대사인 싱하이밍은 중국 공산당으로부터

내려온 지침대로 거세게 막말을 쏟아 냈다.

중국의 이해도 구하지 않고 대만에 무기 판매를 한 것에 대한 항의였다.

싱하이밍 대사는 정동영 대통령이 아무런 말도 없이 가만히 있자, 더욱 기세등등해져서는 난리를 쳐 댔다.

"대만은 엄연히 중국의 땅인데, 어떻게 우리의 허락도 없이 괴뢰정부에 무기를 공급한단 말입니까? 이는 우리 중화인민공화국을 명백히 무시하는 처사입니다. 내 말, 아시겠습니까? 그게 아니면 2016년의 교훈을 잊은 것입니까?"

급기야 선을 넘어 버린 싱하이밍 대사의 망동에 정동영 대통령은 조용히 그의 두 눈을 쳐다보며 입을 열었다.

"할 말 다 했습니까?"

아무런 고저도 없이 담담한 말투.

하지만 뭔가 알 수 없는 압박감에 싱하이밍 대사는 눈을 찌푸렸다.

"정동영 대통령님, 지금 나한테⋯⋯."

"그만! 지금 당신이야말로 내정간섭을 하고 있습니다."

"뭐요?"

"우리가 다른 나라에 무엇을 팔든 그것은 우리의 자

유지, 당신들이 상관할 바가 아니오.”

정동영 대통령은 전과 달리 아주 강경한 어조로 말을 꺼냈다.

그래서인지 싱하이밍 대사는 순간적으로 아무 대꾸도 하지 못했다.

하지만 여기서 물러나게 되면, 중국 정부로부터 질책을 받게 될 것은 당연지사.

심할 경우, 자신의 미래가 끝나 버릴 수도 있었다.

그렇기에 싱하이밍은 얼른 반박에 나섰다.

“정동영 대통령님, 지금 대만을 나라라고 했습니까? 대만은 나라가 아닙니다.”

역시나 늘 똑같은 레퍼토리였다.

제2차 세계대전이 끝난 후, 국제연합인 UN의 상임이사국 지위를 가진 것은 대만이었다.

하지만 앞서 언급한 대로 국제 정세의 흐름이 중국 쪽으로 쏠리면서 대만은 UN에서 탈퇴하게 된다.

아니, 사실 탈퇴라 할 수도 없었다.

‘하나의 중국’을 주창하는 중국이 대만의 존재를 인정할 수 없다며 어깃장을 놓아 UN에서 퇴출당한 것이나 마찬가지였으니까.

때문에 지금에 와서는 대만을 정식 국가로 인정하는 나라는 몇 되지 않았다.

그런데 지금, 경제적으로나 군사적으로 세계 10위권 내에 속하는 대한민국의 대통령이 대만을 국가라 칭한 것이다.

하지만 싱하이밍이 뭐라 반응하기도 전에 정동영 대통령의 말이 이어졌다.

"싱하이민 대사, 우리 대한민국은 1992년 중국과의 수교 이후 많은 지원을 아끼지 않아 왔소. 그런데 이제 힘이 좀 생겼다고 그때의 기억을 다 잊어버린 듯하오."

그 말을 하는 정동영 대통령은 마치 금방이라도 덮쳐들 것 같은 맹수와도 같았다.

"설마 우리가 힘이 없어 그동안 가만히 있은 줄 아시오? 그렇다면 정말 큰 착각이 아닐 수 없소."

"뭐라고요? 지금 우리와 한번 해보겠다는 소립니까?"

갑자기 강한 모습을 보이는 정동영 대통령의 기세에 싱하이밍 대사는 저도 모르게 당황해 소리쳤다.

하지만 정동영 대통령은 전혀 흔들리지 않고 자신의 소신을 밝혔다.

"당신들이 자꾸만 헛소리를 하고 내정간섭을 하려 든다면, 못 할 것도 없지요."

그야말로 폭탄선언이었다.

'뭐? 지금 정말로 우리 중국과 전쟁이라도 하겠다는

말인가?'

너무 놀란 나머지 싱하이밍 대사는 아무 말도 하지 못했다.

그러는 동안에도 정동영 대통령은 강하게 밀어붙였다.

"혹시 중국 정부는 그 알량한 핵만 믿고 우리와 싸우려는 것은 아니겠지요?"

"……."

"우리가 비록 핵은 갖고 있지 않지만, 다른 방법이 없을 것 같습니까?"

어디서 나온 자신감인지, 정동영 대통령은 싱하이밍 대사를 향해 큰소리를 쳤다.

"중국 정부는 잊지 말아야 할 것입니다. 우리 대한민국은 70년이 넘는 시간 동안 전쟁을 준비해 온 나라라는 것을 말입니다."

지난 세기, 민족의 아픔인 전쟁을 겪은 이후, 대한민국은 끊임없이 국방력 강화에 힘써 왔다.

당시 북한에 기습에 의해 개전 초기 며칠 만에 남쪽 끝 부산까지 밀린 것은 지금 생각해 봐도 치욕이 아닐 수 없었다.

그렇기에 다시는 그런 꼴을 당할 수 없다는 생각에 절치부심하며 이를 갈아 왔다.

어찌 보면 대한민국이 지금과 같은 위상을 갖게 만든 원동력이기도 했다.

전쟁 이후, 아프리카의 국가들보다 궁핍하고 열악한 상황에서 반백 년 만에 세계 정상급의 경제력과 군사력을 갖게 된 것이다.

핵확산금지조약(NPT)로 인해 핵무기는 보유하지 못했지만, 그게 아니더라도 무수한 대량 살상 무기를 갖춘 나라가 바로 대한민국인 것이다.

일례로 생화학 무기를 따져 보면, 대한민국은 전 세계에서 열 손가락 안에 들어가는 전력을 가지고 있다.

뿐만 아니라 60만의 상비군을 비롯해 450만에 달하는 예비군 병력은 전 세계를 따져 봐도 최상위급에 속한다.

게다가 문제는 단순히 머릿수가 아니다.

만약 대한민국에 전쟁이 발생하면, 예비군 숫자에 맞춰 보급이 이루어질 수 있다는 것이다.

이는 무늬만 예비군 병력을 운용하는 국가들과 달리, 예비군의 현역 전환이 가능하다는 의미였다.

게다가 한국인들은 전투 민족이라 불릴 만큼 전투력에 있어서도 발군의 실력을 자랑했다.

베트남 전쟁 당시, 미군이 점령하지 못한 지역을 단며칠 만에 장악하는가 하면, 정말 말도 안 되는 피해로

베트콩 부대를 박살 내기도 했다.

그 위세가 얼마나 사나웠는지, 당시 베트콩을 이끌던 호치민은 한국군을 만나면 무조건 피하라는 지침마저 내릴 정도였다.

또한 1990년대에 발생한 LA 폭동 때도 한국인들의 뛰어난 전투 실력은 여실히 드러났다.

당시 코리아 타운으로 몰려들던 폭도들을 체계적인 전술과 화력으로 제압하며 루프 탑 코리안이란 명성을 얻게 된 것이다.

이는 누가 시키지 않았음에도 가족과 재산을 지키기 위해 자발적으로 나서며, 그 능력은 기본적인 미군의 전투력을 상회할 정도였다.

그 밖에도 한국인의 뛰어난 전투력을 알 수 있는 사례는 참으로 많았다.

세계 최강인 미국은 1971년부터 2년에 한 번씩 환태평양 군사훈련[Rim of the Pacific Exercise]을 동맹국들과 함께 실시한다.

대한민국은 1990년부터 이 훈련에 참가를 하였는데, 그 순간부터 무수한 전설을 써 내려갔다.

비록 모의 훈련이기는 하지만, 세계에서 유일하게 이지스 구축함과 핵 잠수함이 호위하는 미국의 항모전단을 뚫고 원자력항모를 격침시킨 것은 시작에 불과했다.

울트라 코리아

이후 여러 차례 시행된 림팩* 훈련에서 대한민국은 믿지 못할 성적을 거두었으며, 너무 압도적인 능력 탓에 제대로 훈련이 진행되지 못하는 경우마저 발생했다.

이로 인해 결국 세계 최강이라 불리는 미 해군의 전략이 바뀌게 되었으니, 이순신 장군의 후예로서 자부심을 느끼기에 충분했다.

그에 반해 중국의 군사력은 겉만 요란할 뿐이었다.

물론 세계 군사력 순위에서 대한민국보다 우위에 있는 것은 맞다.

그렇지만 세세히 따져 보면, 그 차이는 그리 크다고 볼 수 없었다.

솔직히 핵을 제외하면 한국에 그리 큰 위협이라 말할 수도 없는 것이다.

혹자는 중국이 항공모함도 세 척이나 보유한데다 이지스급 순양함이나 핵 잠수함도 있으니 한국은 상대도 되지 않을 거라 말하지만, 이는 곰곰이 따져 봐야 할 문제였다.

먼저 항공모함.

현대전에서 항공모함의 중요성은 아무리 말해도 부족함이 없을 정도일 것이다.

하지만 중국이 보유한 항공모함은 과연 그 역할을 제대로 수행할 수 있을지조차 의문이었다.

제대로 된 함재기도 얼마 없지만, 잦은 엔진 고장과 갑판이 내려앉는 등 애물단지나 다름없는 게 현실이었다.

또 중국이 자랑하는 이지스급 순양함도 전투 시스템의 불량으로 인해 긴급 상황 시 모든 무기를 수동으로 조작해야 하며, 명중률 또한 형편없었다.

게다가 조금만 파도가 세게 치면 함내로 물이 새어 들어오니, 이게 과연 전투함인지 아닌지 구분이 안 될 정도였다.

그러니 핵 잠수함이라고 다르겠는가.

잠수함의 기본인 정숙성이 탑재되지 않아 그야말로 자신의 위치를 동네방네 떠들고 다니는 셈이었다.

미 해군의 촘촘한 감시망을 뚫고 항공모함에 어뢰를 명중시킬 정도의 운용 능력을 보여 주는 대한민국 잠수함과는 비교 자체가 모욕이었다.

이러한 중국군의 현실은 비단 해군의 문제만이 아니었다.

전투기나 공격 헬기는 물론, 육군의 무기 또한 마찬가지다.

중국은 자신들이 개발한 첨단 무기를 자랑하기 위해 러시아가 개최하는 탱크 바이애슬론에 참가한 적이 있다.

울트라 코리아

원래는 주최국인 러시아에서 지원하는 T—80 계열의 전차를 가지고 운용 능력을 경쟁하는 대회이지만, 중국은 자국의 최신 전차인 96식을 참가시켰다.

하지만 결과는 처참했다.

달리던 중 바퀴가 빠지질 않나, 3세대 전차의 기본인 기동 간 사격은 고사하고 정지 상태에서 사격을 했음에도 불구하고 목표를 맞추지 못했다.

문제는 그뿐만이 아니었다.

이유가 확실히 밝혀지진 않았지만, 대회에 참가한 중국의 96식 전차 중 한 대가 내부에서 불이 나는 바람에 승무원들이 모두 몸을 피하는 사고가 발생하기도 했다.

이런 사례들만 봐도 중국군의 무기들이 얼마나 형편 없는지 알 수 있었다.

그나마 군기라도 엄정하다면 모르겠지만, 중국군의 군기는 그렇게 좋지 못했다.

한마디로 머릿수만 많을 뿐, 제대로 된 군인이라 할 만한 인원은 소수에 불과했다.

훈련 중 아군에게 총을 쏘거나 수류탄을 던지는 사고는 애교에 가까웠다.

훈련 중 술에 취해 행패를 부리는 장교가 있는가 하면, 민간인을 위협해 무전취식을 하는 사건이 벌어지기도 했다.

그러니 어찌 중국군을 두려워하겠는가.

정동영 대통령이 강하게 나서는 것은 어찌 보면 당연한 일이었다.

물론 전쟁은 일어나면 절대로 안 될 일이지만, 무조건 참는 것만이 능사는 아니었다.

가만히 참고 있으면 그것이 겁을 먹은 것이라 착각하기 때문이다.

하지만 대한민국을 둘러싼 국가 중 양옆에 위치한 중국과 일본의 정치인들은 참으로 희한한 생각을 가지고 있었다.

전쟁이 얼마나 국민들을 피폐하게 만드는지 잘 알기에 인내하는 것을 약하기 때문이라 착각하고 오만방자하게 구는 것이다.

정동영 대통령은 그런 생각을 갖고 있는 싱하이밍 대사에게 엄중히 경고했다.

"비록 핵무기는 없지만, 우리 대한민국은 중국 전역을 타격할 수 있는 순항미사일과 탄도미사일을 보유하고 있소. 뿐만 아니라 당신들을 그렇게 흥분하게 만든 초장거리 포탄을 개발했다는 사실도 자각한 후에 전쟁을 운운하시오. 내 말, 무슨 뜻인지 알겠소?"

"……."

너무도 강력한 선언에 싱하이밍 대사는 아무 말도 하

지 못했다.

사실 정동영 대통령은 중국 정부가 어떻게 움직일지 이미 보고를 받았기에 싱하이밍 대사의 도발에도 별로 화가 나지 않았다.

다만, 강력한 모습을 보여 줄 필요가 있기에 거침없이 말을 쏟아 낸 것이다.

그동안 중국 정부는 자신들이 필요할 때면 한국을 칭찬하다가도 뭔가 불리하다 싶으면 오늘처럼 억지를 부려 댔다.

그 대표적인 예가 한한령이다.

일방적인 조치로 한국을 압박한 것이다.

하지만 더 이상 인내는 없다.

대한민국은 더 이상 예전처럼 당하기만 하는 나라가 아니다.

핵무기를 제외한 모든 무기를 만들 수 있는 군사 강국인 것이다.

사실 핵을 만들 수 있는 자본과 기술도 확보했지만, 그건 논외로 치고.

뿐만 아니라 이스라엘의 아이언돔과 같은 국지 방어 체계도 설계가 완료되었다.

다만, 아직 실제로 만들어 운용하는 것이 아니기에 확실히 장담할 수는 없지만, 지금은 그런 것을 걱정할 때가 아니었다.

억지를 부리며 대한민국을 어떻게든 자신들의 영향력 아래 두려는 중국 정부의 책동을 막아야만 했다.

항의를 하기 위해 청와대를 찾은 싱하이밍 중국 대사는 결국 혹만 붙인 채 힘없이 물러났다.

그의 뒷모습을 담담한 표정으로 지켜보던 정동영 대통령은 새삼 국력의 중요성을 실감했다.

대한민국이 자리한 이 한반도는 너무도 비좁고 자원 또한 부족하다.

그래서 가진 것이라고는 사람뿐이란 말이 있을 정도였다.

그렇기에 우리의 부모들은 전쟁의 폐허 속에서도 자식 교육에 대한 열망을 놓지 못했다.

이 험난한 세상에서 오직 지식만이 살아갈 수 있는 원동력이 되기 때문이다.

그렇게 배운 지식으로 물건을 만들고, 해외에 판매하여 지금의 위치에 오를 수 있었다.

그 과정에서 중국이란 거대한 시장을 잃지 않기 위해 대한민국의 대통령과 정부는 끊임없이 인내해 왔다.

그로 인해 박쥐와 같다는 비난도 듣고, 매국노라는 욕을 먹기도 했다.

그런 오욕을 뒤집어써 가면서도 어떻게든 경제를 살리기 위해 줄타기를 해 왔다.

그런데 더 이상 그런 식으로의 외교가 통하지 않게 되었다.

이것은 대한민국 정부의 외교 실패가 아닌, 전적으로 막무가내 전랑 외교를 하는 중국의 행태 때문이다.

겉으로는 자신들을 대국이라 칭하면서도 하는 행동은 전형적인 소인배의 모습.

강자에 약하고 약자에 강한, 그 이율배반적인 행태가 현재 중국 정부가 보여 주는 현실이었다.

그러다 보니 중국은 대한민국 정부가 묵묵히 인내하는 것을 약자가 강자에게 굴종하는 것처럼 착각했다.

일부 한국인들 중에는 실제로 그렇게 생각하는 이들도 있긴 하지만, 정동영 대통령은 결코 그렇게 생각하지 않았다.

국가의 수반으로서 어떻게든 국민이 피해를 입지 않도록 굴욕적인 언사를 들어도 참아 왔을 뿐이다.

하지만 더 이상 그렇지 않아도 되었다.

그것은 전 한미연합사 부사령관인 김종찬 대장에게서 하나의 영상을 받으면서부터였다.

*　　　*　　　*

오전 11시.

청와대 영빈관에 근무하는 직원들은 분주히 움직였다.

각 분야에서 대한민국을 이끌어 온 원로들을 초청해 오찬을 갖기로 한 터라 준비가 한창이었다.

그리고 예정된 시간이 가까워 오자, 하나둘 사람들이 모습을 드러내기 시작했다.

"김 고문님, 오랜만입니다."

"하하, 구 회장님. 여전히 정정하시네요."

장군회 고문인 김종찬은 구본성 LC 그룹 회장에게 반가이 말을 건넸다.

"어이구, 제가 좀 늦었습니다."

두 사람이 화기애애하게 이야기를 주고받는 사이, 조금 늦게 도착한 삼신 그룹의 이종희 회장이 끼어들었다.

그렇게 재계와 정계, 그리고 퇴역 장성까지 20여 명에 이르는 원로들이 모여 그동안 나누지 못한 회포를 풀었다.

그렇게 어느 정도 분위기가 무르익어 갈 무렵…….

"대통령님께서 나오십니다."

정동영 대통령의 입장을 알리는 목소리가 들렸다.

그러자 사람들은 대화를 중단하고 조용히 정동영 대통령이 나오길 기다렸다.

"하하, 다들 오랜만입니다."

천천히 영빈관에 들어선 정동영 대통령은 먼저 도착해 있는 원로들에게 정중히 허리를 숙이며 인사하였다.

그러자 원로들 역시 예의를 갖춰 답례했다.

서로 간에 안부를 묻고 가벼운 덕담을 나누며 어느 정도 시간이 지난 후, 정동영 대통령은 김종찬 장군회 고문을 보며 물었다.

"김 고문님, 오랜만에 뵙습니다."

"네, 대통령님. 그나저나 무리한 부탁을 드려 면목이 없습니다."

"무리한 부탁이라니요. 고문님께서 국가를 생각하는 마음을 모르는 사람이 어디 있겠습니까. 그러니 그런 말씀은 마세요."

"하하, 그렇게 생각해 주시니 그저 감사할 따름입니다."

사실 오늘 오찬이 마련된 가장 큰 이유는 김종찬 고문 때문이다.

며칠 전, 청와대 비서실장을 통해 정동영 대통령을 만나게 해 달라는 요청이 들어온 것이다.

그와 함께 김종찬 고문은 여당과 야당의 당수는 물

론, 재계 원로들까지 불러 달라고 부탁했다.

이는 어떻게 생각하면 무척이나 무례한 행동일 수도 있지만, 김종찬 고문은 대한민국의 안녕을 위해 반드시 필요한 일임을 강조했다.

비서실장은 무엇 때문에 그런 무리한 부탁을 하는지 이유를 물어보았지만, 김종찬 고문은 더 이상 이야기를 하지 않았다.

다만, 최대한 비밀을 유지해야 한다는 것만 반복해 말할 뿐이었다.

그렇게 김종찬 고문의 무리한 부탁은 어찌어찌 정동영 대통령에게 전달이 되었다.

물론 김종찬 고문이 예전에 국가를 위해 보여 준 공훈이 없었더라면 이런 식의 부탁은 진즉에 반려되었을 것이다.

어쨌든 그런 우여곡절 끝에 정동영 대통령에게 김종찬 고문의 의사가 전달되고, 그의 뜻대로 자리가 마련된 것이었다.

"그런데 제게 보여 주실 게 있다고 하셨는데, 그게 뭔가요?"

"하하, 물론 보여 드려야죠. 하지만 그것을 보고 나면 오찬을 드시지 못할 수도 있으니, 일단 식사부터 하시지요."

김종찬 고문은 빙그레 미소를 지으며 너스레를 떨었다.

한편, 김종찬 고문의 성향을 잘 알고 있는 다른 사람들은 정동영 대통령과의 대화 내용을 듣고 더욱 궁금하다는 표정을 지었다.

"식사는 맛있게 드셨습니까?"

오찬을 마치고 회의실에 모인 사람들을 둘러보며 정동영 대통령이 말을 꺼냈다.

"네. 오랜만에 김도향 숙수의 솜씨를 맛보니 감개가 무량합니다."

"맞습니다."

원로들은 저마다 감사를 표하며 요리에 대한 칭찬을 늘어놓았다.

하지만 그건 어디까지나 기본적인 예의 표현일 뿐, 다들 김종찬 고문이 보여 주겠다는 것이 무엇일지 궁금해하는 기색이 역력했다.

웬만해서는 빈말을 하지 않는 그의 성격을 잘 알기에 사뭇 기대가 된다는 표정들이었다.

그런 사람들의 시선을 의식한 듯 정동영 대통령이 김종찬 고문을 보며 정중하게 말을 꺼냈다.

"모두가 기다리는 것 같으니, 이제 선물 상자를 개봉

하시지요."

"하하, 알겠습니다. 이거, 조금만 더 시간을 끌었다간 몰매라도 맞겠습니다."

"……."

실없는 소리를 늘어놓는 김종찬 고문의 모습에 정동영 대통령은 순간 어이가 없다는 표정을 지었다.

"크흠, 박 실장, 이것 좀 틀어 주시게나."

결국 민망함을 감추지 못한 김종찬 고문은 자신의 상의 안주머니에서 무언가를 꺼내 내밀었다.

대통령의 뒤에 서 있던 박찬종 비서실장은 얼른 김종찬 고문에게 다가가 그가 준 것을 받아 들었다.

확인을 해 보니 그것은 작은 USB였다.

'뭐지?'

대체 무슨 중요한 정보가 담겨 있기에 김종찬 고문이 정동영 대통령에게 부탁하면서까지 이런 자리를 마련한 것인지 알 수가 없었다.

하지만 그가 전해 준 USB를 회의실 한쪽에 놓인 모니터에 연결해 실행하는 순간, 그 이유를 알 수 있었다.

그리고 그것은 비단 박찬종 비서실장만이 아니었다.

TV 모니터에 가장 먼저 떠오른 영상은 포사격에 관련된 내용이었다.

일반적인 곡사포의 형태를 띠고 있지만, 기존의 것과

는 많은 차이가 있었다.

무엇보다 구경이 너무도 컸다.

어떻게 보면 서방 쪽 스타일이 아닌, 러시아나 북한과 같은 공산권의 대포처럼 보였다.

하지만 포사격을 하고 있는 영상 속에서 들리는 목소리는 절대 러시아나 북한군의 것이 아니었다.

그런데 더욱 놀라운 사실은 발사하는 장면이 아니라 2분할되어 있는 다른 화면에 잡힌 모습이었다.

무한히 펼쳐진 바다 위, 사각의 바지선의 한가운데 동그란 원형의 표적지가 송출되고 있는데, 화면 하단에는 위도 표시가 새겨져 있었다.

"설마……."

"어? 저긴 포항 앞바다 같은데?"

TV 화면을 보고 있던 원로 중 누군가가 화면에 비친 장소를 알아본 듯 저도 모르게 말을 꺼냈다.

"어어!"

그러고는 곧 여기저기에서 경악성이 터져 나왔다.

그도 그럴 것이, 포항 앞바다 100㎞ 지점에 설치된 표적에 포탄이 정확하게 명중하는 모습이 고스란히 흘러나왔기 때문이다.

그것도 한 번이 아닌, 세 개의 포탄이 동시에 명중하는 모습이 느리게 송출되었다.

"이게 대체 어찌 된 일입니까? 제가 모르는 군사훈련이 있었습니까?"

원로들과 함께 화면을 지켜보던 정동영 대통령이 급히 고개를 돌려 김종찬 고문에게 물었다.

"대통령님, 질문은 영상을 조금 더 본 후에 하시지요."

"…알겠습니다."

포를 발사한 지점에서 표적이 설치된 포항 앞바다까지의 거리는 무려 300㎞가 넘었다.

이는 단순히 멀리 날아갔다는 말로 끝나는 일이 아닌, 엄청난 대박 사건이 일어난 것이다.

그럼에도 김종찬 고문은 아직 끝나지 않았다는 듯한 말을 하였다.

잠시 후, 대구경 견인포가 있던 장소에 새로운 장비가 모습을 드러냈다.

이번에는 그물 무늬 위장 도색을 하고 있는 커다란 컨테이너 트럭이었다.

곧 컨테이너 박스의 옆문이 열리며 그 안에 들어 있는 내용물이 모습을 드러냈다.

그것은 커다란 기계 장치와 연결된 장치였는데, 마치 대포처럼 생긴 형태의 끝에는 커다란 렌즈가 달려 있다.

울트라 코리아

'레이저?'

LC 그룹의 구본성 회장과 삼신 그룹의 이종희 회장은 그것을 보자마자 정체가 무엇인지 알아차렸다.

그도 그럴 것이, 두 그룹 모두 차세대 무기를 연구하는 방위산업과 관련된 기업이 있기 때문이다.

그곳에서는 ADD의 도움을 받아 지향성 에너지 무기(DEW), 즉 레이저무기를 연구 중이다.

하지만 그 완성은 너무도 요원한 상태였다.

기존의 탄도미사일이나 대함미사일 등을 방어하기 위한 요격미사일은 그 자체로도 수십에서 수백억 원에 달할 만큼 무척이나 비싼 가격을 자랑한다.

하지만 만약 레이저무기를 개발해 낸다면 비약적인 비용 절감이 가능하다.

게다가 레이저무기의 특성상 높은 명중률을 기대할 수도 있다.

하지만 그런 장점에도 불구하고 레이저무기는 아직 실전에 쓰이지 못하고 있다.

대기 중의 산소로 인해 레이저가 똑바로 쏘아지지 못하고 중간에 굴절하기 때문이다.

뿐만 아니라 그 과정에서 처음의 에너지를 손실하면서 위력이 약해진다.

때문에 두 회사는 신무기 개발을 이미 절반 정도 포

기한 상태에 놓여 있었다.

그런데 TV 화면 속에서 자신들이 연구하던 것과 유사한 무기가 보이니, 놀라지 않을 수가 없었다.

지잉!

분명 아무 소리도 들리지 않지만, 화면을 지켜보던 사람들의 머릿속에는 같은 이미지가 떠올랐다.

쾅!

일반적인 상식과 달리 레이저무기라 해서 빛이 쏘아지지는 않았다.

하지만 헬리콥터에서 발사한 로켓이 공중에서 스스로 폭발하는 모습이 화면을 통해 확인되었다.

슈슈슈슈!

그러자 이번에 네 발의 로켓이 연속으로 발사되었다.

'설마?'

지켜보던 사람들은 그야말로 경악했다.

LC넥스원과 삼신탈레스에서 연구하던 레이저무기의 또 다른 약점이 첫 발사 후 다시 쏘기까지 20초 이상의 대기시간이 필요하다는 것이었다.

그러니 지금처럼 네 발의 로켓이 날아온다면, 이를 막기 위해 최소 세 대의 레이저 발사 장치가 필요했다.

그런데 화면에 나온 차량에는 단 한 대의 레이저 발사 장치만이 설치되어 있었다.

그렇다면 그에 대응을 하지 못하는 게 당연한 수순이었다.

그런데…….

펑펑펑펑!

"억!"

"아니! 저게 대체…….'

화면을 지켜보던 구본성 회장과 이종희 회장은 네 발의 로켓이 중간에 요격되는 모습을 확인하고는 저도 모르게 비명을 지르며 자리에서 벌떡 일어나고 말았다.

이는 그들의 상식으로는 도저히 믿을 수 없는 광경이었기 때문이다.

"이게 대체 어떻게 된 일입니까?"

정동영 대통령 또한 놀람을 감추지 못한 채 김종찬 고문에게 질문을 던졌다.

"보신 그대로입니다. 그리고 이건 대한민국의 영공과 영토를 지키는 국지 방어 시스템의 시작에 불과합니다."

"이게 시작이라고요?"

"네, 그렇습니다. 방금 보신 것은 지상 차량에서의 방어 모드이고, 2단계로는…….'

김종찬 고문은 마치 변죽을 울리듯 절묘한 타이밍에 말을 끊었다.

"2단계는요?"

그러자 참지 못한 정동영 대통령은 다급히 물었다.

"음, 그전에 국지 방어 시스템에 대한 설명부터 해 드리겠습니다. 북한군이 보유한 1만여 문의 장사정포를 막기 위해서는 다층 구조의 국지 방어 시스템이 필요합니다. 그중 방금 보신 것이 1단계로 지상 차량에서 발사하는 레이저 요격 시스템입니다."

정동영 대통령을 비롯한 모든 이들의 시선이 김종찬 고문의 입에 집중되었다.

그러한 관심을 즐기듯 한껏 기대를 끌어모은 김종찬 고문이 마침내 말을 이었다.

"그리고 2단계가 바로 지금 보실 무기입니다."

"와!"

김종찬 고문의 설명이 끝나자마자, 화면에는 흰 바탕에 태극 무늬가 들어간 비행선이 모습을 드러냈다.

비행선 하단에는 다섯 개의 구멍이 나 있는데, 그 끝에는 조금 전 본 레이저 발사 장치와 마찬가지로 검정색 렌즈가 설치되어 있었다.

하지만 중요한 것은 그것이 아니었다.

앞서 로켓을 쏘아낸 헬기 대신 분할 화면에는 커다란 무장 트럭이 등장했는데, 그것의 정체는 이제 현역에서 퇴역해 예비 물자로 분류된 구룡 다연장 로켓포였다.

구소련의 BM—21을 참고로 개발된 구룡 다연장 로켓포는 36개의 발사관을 가지고 있다.

그리고 지금, 순식간에 36발의 로켓이 발사되었다.

그 모습은 마치 강철비가 쏟아지는 듯했는데, 발사관을 빠져나간 로켓들은 순식간에 목표를 향해 날아갔다.

하지만 그 어떤 것도 지상 목표에 명중되지 못했다.

그 이유는 바로 공중에 떠 있는 비행선에서, 그리고 조금 전 본 지상의 트럭에서 쏘아진 레이저 때문이었다.

36발의 로켓이 단 하나의 예외도 없이 모두 요격된 것이다.

단 한 기의 레이저 발사기로 네 발의 로켓을 연속으로 요격하는 것도 충분히 놀라운 일인데, 공중과 지상에서 합동으로 36발의 로켓을 요격하는 모습은 경악을 넘어 감동이었다.

그 모습을 지켜본 사람들은 저도 모르게 두 주먹을 불끈 쥐었다.

화면을 통해 또 다른 무기들이 모습을 드러내고 있지만, 이미 그들의 눈에는 중요하지 않았다.

사실 그동안 정동영 대통령이나 국가 원로들이 가지고 있던 걱정 중 하나가 바로 북한의 핵미사일과 휴전선 인근에 배치된 다량의 장사정포에 대해 대비하는 것이었다.

툭하면 서울 불바다 망언을 퍼붓는 북한 지도부를 두고 대한민국의 위정자들은 많은 고민을 해 왔다.

서울은 휴전선에서 불과 60㎞도 떨어지지 않은 위치에 있다.

그래서 대한민국은 한때 최고의 요격미사일 체계인 이스라엘의 아이언돔 시스템을 도입하려고 하기도 했다.

하지만 워낙 높은 비용과 실효성 때문에 포기하고, 결국 한반도 지형에 맞는 한국형 아이언돔 시스템을 개발하자는 쪽으로 방향을 틀었다.

그런데 연구에 들어간 지 얼마 되지 않은 지금 시점에서 자신들이 구상하던 것 이상의 방어 시스템을 확인하였으니, 얼마나 감회가 새롭겠는가.

"언제 이런 것이 완성된 것입니까? 그리고 대체 누가……."

정동영 대통령은 구본성 회장과 이종희 회장을 돌아보며 물었다.

하지만 질문을 받은 두 회장은 조용히 고개를 저을 뿐이었다.

자신들의 계열사에서 개발한 시스템이 아니기 때문이다.

그렇기에 두 사람은 대답 대신 조용히 김종찬 고문을 돌아보았다.

그가 자료를 가져왔으니, 해명을 하라는 의미였다.

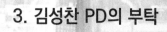

3. 김성찬 PD의 부탁

한 가지를 끝냈더니, 또 새로운 의뢰가 들어왔다.

물론 일을 한다는 것이 싫은 건 아니지만, 자신이 원해서 하는 것과 다른 사람이 시켜서 하는 것은 느낌이 달랐다.

그럼에도 수호는 딱히 거절하지는 않았다.

이미 완성된 것에 조금만 손을 대면 그만이라 일이 크게 늘어나는 것은 아니기 때문이었다.

"슬레인, 토르의 차체 설계는 모두 마쳤어?"

[네. 이미 다 마무리되었습니다.]

그러면서 수호가 무엇을 원하는지 잘 알고 있다는

듯, 자연스럽게 홀로그램을 띄웠다.

실내의 중앙에 차륜형 자주포의 모형이 나타나자, 수호는 침착하게 관찰했다.

"흠⋯⋯."

그리고는 이내 탄성을 질렀다.

무려 230㎜에 달할 만큼 대구경을 지닌 자주포.

차륜형을 선택한 것은 그것이 현재 세계 각국에서 개발하고 있는 자주포의 대세였기 때문이다.

본래 자주포라 하면, 포를 싣고 그 주위를 장갑으로 감싸 포병들의 생존 확률을 높이기 위해 개발된 무기 체계이다.

이는 포를 발사한 후에 적이 대포병 사격을 가할 경우, 기존의 견인포로는 안전이 확보되지 못한다는 단점이 대두되었기 때문이다.

뿐만 아니라 사격 후 이동에 걸리는 시간을 획기적으로 줄여줄 수 있기에 고성능 자주포의 개발은 포병을 운용하는 나라에 있어 필수 조건이 되었다.

물론 시간이 흐르면서 포병의 운용 체계도 변하기 시작했다.

두꺼운 장갑으로 보호되는 자주포의 경우, 일반적인 견인포에 비해 여러 장점이 있기는 하지만 가격 측면에서는 너무도 많은 비용이 소모된다.

울트라 코리아

그래서 등장한 것이 바로 차륜형 자주포였다.

기존의 철제 궤도가 아니라 바퀴를 달면 어떻겠냐는 생각에서 출발한 이 차륜형 자주포는 궤도형 자주포에 비해 가벼워 기동성이 우세하고, 가격 또한 무척이나 저렴했다.

견인포에 비해서는 여전히 비싸긴 하지만, 자주포의 운용 유지비를 고려해야 하는 국방부나 정부의 입장에서는 무척이나 구미가 당기는 것이었다.

그러다 보니 세계 각국의 자주포 개발사들은 궤도형 자주포에 비해 저렴하면서도 어떤 지형에서도 운용이 가능한 차륜형 개발에 너도나도 뛰어들었다.

물론 차륜형 자주포가 장점만 있는 것은 아니다.

궤도형 자주포에 비해 기동성이 뛰어나다는 것은 그만큼 가볍고 장갑의 두께가 얇다는 의미였다.

때문에 포병의 안전이 궤도형에 비해 떨어지는 것은 사실이다.

하지만 여러 가지 요소들을 종합해 볼 때, 역시 세계적인 추세를 거스를 순 없었다.

그러다 보니 토르라 명명된 230㎜ 신형 견인포도 초기 200문 주문과 동시에 차륜형으로 개발하는 일감이 주어졌다.

"차체가 포의 반동을 견딜 수 있어?"

사거리가 1,000㎞나 되는 토르의 발사 반동은 어머어마한 충격량을 가지고 있다.

그렇기 때문에 수호는 자신이 설계하고 슬레인이 보완한 차륜형 자주포의 홀로그램을 살피며 점검에 나섰다.

[차체 양옆에 설치한 네 개의 브라켓이 발사 반동을 받아 줄 것이니, 크게 걱정하시지 않아도 됩니다.]

슬레인은 홀로그램 화면을 조작해 후면에 설치된 포탑과 그 아래쪽 양옆에 달린 철제 다리 네 개를 입체적으로 확대시켰다.

마치 게나 거미의 다리를 연상시키는 네 개의 브라켓은 자유자재로 움직이며 어느 상황에서도 대처가 가능한 모습을 보여 주었다.

그러더니 곧 화면이 전환되었다.

이번에는 마치 실제 상황인 것처럼 토르가 운용되며 이동하는 모습과, 정지 후 포를 발사하기 위해 브라켓을 땅에 박는 모습까지 홀로그램으로 형상화되었다.

그 일련의 과정을 모두 지켜본 수호는 고개를 끄덕였다.

"좋아. 그런데 포를 운영하는 포병들의 안전은 어때?"

[그 부분도 딱히 걱정하지 않아도 된다고 생각합니다.]

"어째서?"

[운용병들의 안전을 위한 조치는 방탄 세라믹으로 처리하면 됩니다.]

"아, 그런 수가 있었군."

슬레인이 언급한 방탄 세라믹은 최근에 완성된 것으로, 주성분은 방탄 스프레이에 들어간 것과 동일했다.

얼마 전, SH화학에서는 기존 스프레이형에서 보다 발전된 형태인 장갑판으로 개발하는 데 성공을 거두었다.

방탄 스프레이가 생산된 지 2년여 만에 거둔 쾌거였다.

기존의 스프레이형 방탄 세라믹은 두께가 2밀리미터를 넘어가면 방탄 성능이 떨어졌다.

또한 3밀리미터가 되면 덧칠한 막이 무게를 견디지 못하고 떨어져 나가기 일쑤였다.

다시 말해 방탄 스프레이의 최대 성능을 내려면, 3밀리미터 미만으로 조절해야만 했다.

물론 한 번 방탄 스프레이로 칠을 한 후에 얇은 철판을 덧대고 다시 스프레이 작업을 하는 편법이 존재하기는 하지만, 그것은 너무도 번거로운 일이었다.

그로 인해 방탄 스프레이의 장점을 살리는 새로운 방법을 연구하던 중 방탄유리처럼 한 장의 판 형태로 만들어 보는 것이 어떨까 하는 아이디어가 떠올랐다.

초기에는 실패도 많고, 또 여러 가지 난관도 있었다.

유리판 형태로 굳혀 봐야 제대로 된 성능이 나오지 않았기 때문이다.

하지만 그렇게 2년여의 시간이 흐른 뒤, 드디어 결실을 맺었다.

비록 5밀리미터가 한계이긴 하지만, 어찌 되었든 기존의 방탄 스프레이에서 한 발 더 나아가는 데 성공을 거둔 것이다.

"그럼 포병의 안전에 대해서는 걱정을 덜 수 있겠군. 그런데… 너무 가벼워지는 것 아니야?"

수호는 방탄 세라믹의 개발이 완료되었다는 사실에 기뻐하다가 곧 다른 의문을 떠올렸다.

포탑 아래 부착된 네 개의 브라켓만으로만 포의 반동을 견디게 된다면, 자칫 포신이 흔들릴 수도 있었다.

그렇다면 발사 전에 입력한 재원이 어긋나 연사가 불가능한 상황이 발생할 수 있다.

다시 말해 포로 효용 가치가 없다는 소리나 마찬가지였다.

한 번 생각해 보라.

포탄이 자칫 아군의 머리 위로 떨어진다면, 누가 그런 무기를 사용할 수 있겠는가.

그렇기에 발사 반동을 잡아 주는 차체의 무게도 무척

이나 중용한 요소 중 하나였다.

[그 점을 보완하기 위해 특수 금속이 조금 더 사용되어 단가가 12퍼센트 상승했습니다.]

슬레인 역시 그 문제를 간과하지 않았다.

수호가 지적한 대로 약점을 보완하기 위해 조치를 취했고, 그로 인한 가격 상승을 당연하다는 듯이 보고했다.

"12퍼센트라고?"

[네. 포가 발사되었을 때, 반동을 잡아 줄 주퇴복좌기 구성품의 내구도를 올리기 위해 새로운 합금을 제작했습니다. 그리고 생산하기 위해서 가격 상승은 어쩔 수 없는 옵션입니다.]

"……."

견인포일 경우에는 크게 상관이 없지만, 기존의 주퇴복좌기로는 차륜형 자주포의 발사 반동을 제대로 잡아 주기가 어렵다.

그도 그럴 것이, 지면에 확실하게 고정된 견인포와 달리 자주포는 차체에 붙어 있다 보니 반동을 더 클 수밖에 없기 때문이다.

특히 궤도형보다 무게가 적게 나가고 접지 면적이 적은 차륜형 자주포의 경우, 그런 문제가 더욱 심각했다.

그런 자주포의 특성을 잘 알고 있는 슬레인은 약점을 극복하기 위해 주퇴복좌기의 성능을 업그레이드하는 작업에 들어갔다.

그리고 그 과정에서 주퇴복좌기를 만드는 재료를 바꾼 것이다.

"그럼 기존에 예상한 것과 비교를 하면 얼마나 오른 거야?"

이쯤에서 수호는 묻지 않을 수 없었다.

견인포 스타일의 토르와 차륜형으로 업그레이드된 토르의 생산 단가의 차이가 과연 얼마가 될지.

이는 향후 생산에 있어 큰 변수가 되기 때문이다.

하지만 슬레인은 조금의 고민도 없이 바로 대답했다.

[28퍼센트 상승했습니다.]

"뭐? 그럼 굳이 차륜형을 고집할 필요가 있어?"

[……]

"차라리 비용을 조금 더 들여 궤도형을 만드는 것이 낫잖아."

수호는 하도 어처구니가 없어 중얼거렸다.

차륜형 자주포의 생산량이 획기적으로 늘어나지 않는 이상, 한 대당 생산 단가는 더 떨어지기가 어렵다.

그렇다고 생산 단가를 낮추기 위해 억지로 생산량을 늘려 육군에 강매를 할 수도 없는 노릇.

그리고 과잉 생산된 물량을 다른 나라에 판매하는 것도 그리 좋은 선택은 아니었다.

울트라 코리아

어떻게 보면 토르는 핵무기나 생화학 무기처럼 전략 물자로 분류할 수도 있는 무기였다.

사거리가 무려 1,000㎞나 되기에 경우에 따라선 상대국의 수도까지도 타격이 가능하기 때문이다.

이것은 곧 장거리 순항미사일이나 탄도미사일 정도에 해당되는 개념인데, 앞서 말한 미사일에 비해 가격도 저렴하고 운용이 쉬우니 누구나가 가지려 할 것이다.

막말로 적당한 숫자만 확보한다면, 순항미사일이나 탄도미사일처럼 국제 정세를 고려해야 하는 무기와 다르게 얼마든지 큰 위협이 될 수 있다.

유럽의 경우, 국토의 폭이 1,000킬로미터도 되지 않는 나라가 많아 직접적인 수도 타격은 물론, 나라와 나라 사이를 건너뛰고 공격이 가능해 국가 간의 역학 관계상 판매 허가를 받을 수 있을지도 미지수였다.

사정이 그렇다 보니 토르를 구입하기로 한 국방부에서도 보유 수량을 200문으로 제한한 것이었다.

물론 그조차도 확실한 것은 아니다.

솔직히 수호가 생각하기에 200문 정도면 적당할 거라 보이지만, 원래 무기란 것은 많으면 많을수록 좋은 게 아니겠는가.

특히나 무수히 많은 외적의 침입을 겪은 한반도의 지정학적 위치상 강한 군대에 대한 열망은 당연한 것이기도 했다.

그랬기에 김찬종 고문도 자주포 연구를 의뢰한 것이
고.

다만, 경제력이 뒷받침되지 않는 무리한 무기의 개발
과 보유는 자칫 구소련이나 현재의 북한과 같은 상황을
초래할 수도 있었다.

물론 대한민국이 공산주의 독재국가와 같은 오류를
범하지는 않겠지만, 걱정이 되는 것 또한 사실이다.

따르릉.

그렇게 슬레인과 신형 자주포에 대한 논의를 하고 있
을 때, 느닷없이 전화벨이 울렸다.

'이 시간에 누구지?'

누구에게도 방해받지 않고 연구를 하고 있던 수호는
느닷없이 울린 전화벨로 인해 미간을 찌푸렸다.

*   *   *

김성찬 PD는 미국에서 날아온 한 통의 전화에 비상이
걸렸다.

그도 그럴 것이, SBC의 간판 예능 프로인 야생의 법
칙에서 족장을 맡고 있는 김정만이 위독하다는 소식이
전해진 탓이었다.

원체 익스트림 스포츠를 좋아하고 도전 정신이 투철한 인물이다 보니, 이런 사고가 발생할지 모른다는 걱정은 있었다.

하지만 막상 그런 소식이 전해지자 눈앞이 노래지는 기분이었다.

김정만에 대한 염려도 있지만, 솔직히 그보다는 앞으로 야생의 법칙을 어떻게 찍어야 할지에 대한 걱정이 더 컸다.

물론 인간이라면 당연히 그런 생각을 해서는 안 되겠지만, 현실이 그런 것을 어쩌겠는가.

그동안 함께해 온 여정을 생각하면 정말로 쓰레기 같은 생각이지만, 제 코가 석 자다 보니 그런 걸 따질 겨를이 없었다.

뒤늦게 반성을 하고 김정만의 안위에 대해 물었지만, 아직 혼수상태에서 깨어나지 못하고 있다는 이야기만 전해 들었다.

야생의 법칙은 한 번 현장에 나가면 보통 일주일 정도 촬영을 하는데, 그렇게 촬영된 영상은 편집을 통해 6회로 나뉘어 방송을 탄다.

즉, 중간에 편성이 바뀌지 않는 이상 6주에 걸쳐 방영된다는 것이다.

현재 방영 중인 시리즈와 이전에 촬영된 분량을 고려

하면 두 달 보름 정도의 여유가 있기는 하지만, 그 기간 동안 김정만이 무사히 회복하고 돌아온다는 보장이 없었다.

아니, 전해 들은 이야기로만 따지자면, 의식을 회복할 수 있을지도 의문이었다.

만약 그런 일이 벌어진다면, 그건 그야말로 기적일 것이다.

그러니 아무리 중간에 특집 방송을 끼워 넣는다 해도 세 달 정도의 시간뿐이다.

그러니 SBC 예능국에 초비상이 걸리는 것도 무리는 아니었다.

만약 김정만이 깨어나지 못한다면, 이는 SBC의 간판 예능인 야생의 법칙이 폐기되는 것이나 다름없다.

족장 김정만의 부재는 그만큼 심각한 문제였다.

"하, 그 새끼는 대체 뭐 하러 그 위험한 미국까지 가서 그 지랄을 한 거야!"

예능국 PD 중 하나가 답답하다는 듯 하소연을 늘어놓았다.

하지만 그에게 어느 누구도 질책의 눈빛을 보내지는 않았다.

모두의 마음이 그와 같았기 때문이다.

이렇게라도 소리치지 않으면 스트레스 때문에 속이

터져 버릴 것이다.

하지만 그런다고 해서 상황이 나아질 리는 만무.

결국 담당 PD인 김성찬이 나설 수밖에 없었다.

"종만아, 그 정도로 해 둬라. 정만이가 일부러 사고를 당한 것도 아닌데."

"아니, 제가 그걸 몰라서 그러겠어요. 답답하니 그렇죠. 하여간 죄송해요."

이종만 PD 역시 자신이 너무 지나쳤다는 것을 깨닫고는 얼른 사과를 했다.

"게다가 대회 준비 때문에 간 건데, 그렇게 말하면 안 되지."

"아, 알았다고요. 사과했잖아요. 저도 제 일이 있는데 이렇게 불려왔으니, 오죽 답답하겠냐고요."

"뭐? 너, 지금 그 말 무슨 의미냐?"

대화가 길어지다 보니 점점 감정만 상하고 있었다.

사실 이종만 PD는 시청률 때문에 자신이 담당한 예능 프로그램도 간당간당한 처지였다.

그런 까닭에 아이디어 회의를 하며 신경을 쏟아도 모자랄 판에 다른 프로그램 문제까지 고민해야 한다는 것이 조금은 마음에 들지 않았다.

그래서 저도 모르게 조금은 말이 헛 나오고 말았다.

하지만 그걸 꼬투리 삼아 쌍심지를 켜고 윽박지르는

김성찬 PD의 모습에 결국 그 역시도 폭발하고 말았다.

"아니, 솔직히 지금 제 코가 석 자인데, 누굴 걱정합니까? 예!"

"오, 그렇단 말이지? 네 생각은 잘 알았으니, 너 그냥 가 봐라."

후배의 반항에 꼭지가 돌아 버린 김성찬 PD는 차갑게 눈을 빛내며 말을 하였다.

너무도 심각해진 상황에 이종만 PD는 어쩔 줄을 몰라 했다.

그 모습에 더욱 부아가 치미는지, 김성찬 PD가 다시 소리를 질렀다.

"뭐 해, 안 나가고?! 야! 저 새끼 내보내! 아니, 이참에 저 새끼랑 같은 생각인 놈들은 모두 나가!"

김성찬 PD의 폭주에 다른 PD들은 조용히 눈치를 살피며 눈만 굴릴 뿐이었다.

*　　　　*　　　　*

김성찬 PD는 초조한 표정으로 카페 의자에 앉아 어쩔 줄 몰라 했다.

'제발 이야기가 잘되어야 할 텐데…….'

입술이 바짝 마른 그는 더는 못 참겠는지, 테이블 앞

울트라 코리아

에 놓인 컵을 들어 입술을 축였다.

"PD님, 긴장 좀 푸세요."

결국 보다 못한 야생의 법칙 메인 작가인 지성미가 다독이듯 말을 걸었다.

"아니, 내가 무슨 긴장을 했다고……."

벌써 10년 넘게 야생의 법칙을 함께해 오면서 온갖 모습을 봐 온 사이이지만, 김성찬은 이상하게 지성미와 단둘이 있을 때면 안절부절못했다.

"또 그러신다."

모르는 사람이 보면 마치 오래된 부부처럼 느껴지겠지만, 당연히 그런 관계는 아니었다.

딸랑.

그때, 문이 열리며 맑은 종소리가 카페 안을 채웠다.

그러자 두 사람은 누가 먼저라고 할 것 없이 자연스럽게 고개를 돌려 입구를 바라보았다.

"정 사장님, 여기예요!"

카페 안으로 들어서는 수호를 확인한 지성미는 손을 번쩍 들어 올렸다.

저벅저벅.

지성미를 보고 다가온 수호는 두 사람에게 인사를 하였다.

"안녕하세요. 두 분 모두 잘 지내셨습니까?"

"네, 오랜만입니다."

2년 전의 인연으로 방송국에 들를 때면 인사를 나누기도 했지만, 두 사람이 맡은 프로그램이 워낙 밖으로 돌아다니는 것이다 보니 자주 만나지는 못했다.

그렇기에 새삼 반가운 마음이 들었다.

세 사람은 서로의 안부를 물으며 가볍게 근황 이야기를 이어 나갔다.

그러던 중 김성찬 PD가 조심스럽게 용건을 꺼냈다.

"사업하신다는 이야기를 듣기는 했는데, 혹시 실례가 되지 않는다면 저희를 한 번만 도와주실 수 없겠습니까?"

김성찬이 아무리 정신없이 바쁜 삶을 산다고는 하지만, 그래도 대한민국 국민이다 보니 국가적 큰 이슈였던 SH항공의 시재기 출고식에 대한 뉴스를 모르지는 않았다.

그러니 어찌 보면 수호에게 이런 부탁을 꺼낸다는 자체가 무례일 수도 있었다.

하지만 워낙 상황이 급박하다 보니, 김성찬 PD는 안면 몰수하고 용건을 꺼냈다.

그 절박한 심정을 알아차린 것인지, 수호 역시 차분하게 경청하는 자세를 취했다.

"혹시 김정만 씨 소식은 들으셨습니까?"

"김정만 씨요? 무슨 일이 있었습니까?"

무슨 말인지 이해하지 못한 수호가 되묻자, 슬레인이 바로 정보를 전달해 주었다.

[김정만 씨는 미국에서 스카이다이빙을 하던 중 사고를 당해 현재 의식 불명 상태입니다.]

'김정만 씨가 의식 불명이라고?'

수호는 갑자기 들려온 슬레인의 설명에 눈을 동그랗게 떴다.

하지만 어떻게 설득할지 고민하던 김성찬 PD나 지성미 작가는 이런 수호의 변화를 전혀 알아차리지 못했다.

[네. 스카이다이빙을 하던 중 난기류를 만나 30미터 높이에서 추락하고 말았습니다.]

잠시 후, 사고 경위를 알게 된 수호의 표정이 딱딱하게 굳어졌다.

비록 많은 교류를 하진 않았지만, 자신이 조난당했을 때 큰 도움을 준 사람 중 한 명이 바로 김정만이었다.

아니, 비단 김정만뿐만이 아니다.

수호는 자신이 무인도에 고립되어 있을 당시 만난 모든 사람들을 은인이라 여기고 있었다.

그랬기에 아이돌인 혜윤과 삼촌, 조카란 인연을 맺고, 김성찬 PD의 소개로 예능 방송을 찍기도 했다.

만약 그런 사연이 있지 않았더라면 아무리 심보성 아레스 사장의 부탁이라 해도 방송 출연은 하지 않았을 것이다.

물론 지금 눈앞에 두 사람 말고도 당시 야생의 법칙에 출연한 사람들이 어려울 때면 도움을 아끼지 않았다.

물론 당사자는 그러한 사실을 전혀 알지 못하겠지만, 슬레인을 통해 사정을 전해 들은 수호는 자신의 역량을 총동원해 적절한 도움을 주고 있었다.

오늘 역시도 마찬가지다.

그래서 다급히 자신에게 SOS를 보낸 김성찬 PD의 연락에 흔쾌히 나온 것이다.

슬레인을 통해 정보를 파악했지만 그런 내색을 할 수는 없다 보니, 수호는 차분하게 김성찬 PD로부터 사연을 전해 들었다.

"그런 일이 있었군요. 일이 바쁘다 보니 미처 알지 못했습니다."

"아닙니다. 정 사장님이 큰일을 하고 계시다는 걸 제가 왜 모르겠습니까. 오히려 이렇게 연락을 드려 정말 송구스럽습니다."

"별말씀을요. 그런데 제가 어떻게 도움을 드리면 되겠습니까?"

사실 수호는 김성찬 PD가 무슨 부탁을 하려는지 어느 정도 예상할 수 있었다.

야생의 법칙에서 족장 역할을 맡고 있는 김정만이 출연을 할 수 없게 되었으니, 당연히 그 대타를 부탁하려는 것이리라.

하지만 예상은 예상일 뿐, 확실히 듣기 전에 성급히 결론을 내리는 것은 금물이었다.

"혹시… 일주일 정도 시간을 내주실 수 있겠습니까?"

"일주일이요?"

"네. 김정만 씨가 깨어날 때까지만이라도 시간을 벌어 두고 싶습니다."

역시나 예상은 빗나가지 않았다.

현재 방송국 내에서는 김정만의 사고 소식에 프로그램의 존폐에 대한 논의가 이루어지고 있었다.

그리고 대체적으로 프로그램의 종료 쪽으로 의견이 기울고 있었다.

하지만 김성찬 PD의 입장에선 프로그램이 폐지되더라도 일단 김정만의 회복 경과를 보고 논해야 한다고 판단했다.

그래서 김정만과 인연이 있는 사람들에게 부리나케 연락을 돌려 의견을 듣고 있는 중이었다.

다행히 그동안 인망을 쌓아 왔는지, 김성찬 PD의 이

야기를 들은 사람들 대부분이 그의 뜻에 동조해 주었다.

모두가 기꺼이 출연 약속을 해 준 것이다.

그렇지만 야생의 법칙에서 족장의 존재는 무척이나 중요했다.

단순히 프로그램을 진행하는 것뿐만 아니라 출연하는 게스트들의 안전까지 책임지는 자리인 것이다.

게다가 그와 동시에 예능의 맛을 살려야 하는, 아주 어려운 역할이기도 했다.

게스트들이 서로 역할 분담을 하여 프로그램을 진행한다고 해도 야생에서 촬영이 끝나는 순간까지 안전하게 이끌어 줄 사람.

바로 그것이 문제였다.

김정만에 대한 감사의 표시로 야생의 법칙 특별편에 출연을 약속한 사람들도 족장의 역할을 맡아야 한다는 이야기에는 모두 고개를 내저었다.

너무도 부담이 된다는 것이 이유였다.

그런 중 몇몇 출연자들이 김정만의 부재를 커버할 수 있을 것이라 거론되었다.

가장 먼저 언급된 이는 원년 멤버이면서 김정만과 함께 야생의 법칙의 부흥을 이끈 럭키 김이었다.

미국 국적을 가진 그는 미 해병대 출신의 혼혈 배우

라 야생의 법칙을 통해 한국에서 일약 스타가 되었다.

그리고 럭키 김과 비슷하게 지목을 받은 후보는 바로 야생의 법칙에 다섯 번이나 출연한, 격투기 선수이자 김정만의 동갑내기 친구인 주상훈이었다.

다만, 둘 모두 뛰어난 리더십에 비해 생존 기술은 부족한 부분이 많아 최종적으로는 낙제점을 받았다.

그다음으로 물망에 오른 멤버는 아이돌 출신이면서 해병대 특수수색대를 나온 종혁.

종혁은 인지도나 생존 기술에서 모두 합격점을 받았지만, 부족을 이끌어 나가기에는 뭔가 연륜이 부족하다는 느낌을 지울 수가 없었다.

이는 전적으로 그가 아이돌 출신이라는 편견 때문이지만, 사람들의 고정관념을 깨트리기에는 어려움이 있었다.

그러다 보니 김정만을 대체할 만한 사람을 구할 수가 없어 고민을 하던 중 누군가가 수호를 언급했다.

기상 이변으로 바다에서 조난을 당했다가 야생의 법칙 촬영팀에 의해 극적으로 구조된 수호.

당시 수호는 본인의 입으로 조난을 당했다고 말했지만, 그 말을 믿는 사람은 아무도 없었다.

그도 그럴 것이, 조난을 당했다기에는 너무도 말쑥한 모습은 물론, 무인도에 만들어 놓은 셸터가 거의 별장

수준이었기 때문이다.

나중에 뉴스를 통해 실제 조난 사실이 밝혀지며 조작 의혹이 사라지긴 했지만, 어찌 되었든 당시 일반인으로 특별 출연을 하게 되어 큰 이슈를 몰고 오기도 했다.

당시 수호의 생존 스킬은 시청자들에게 무척이나 강렬한 인상을 심어 주었기에, SBC 예능국 PD나 작가, 그리고 야생의 법칙 출연자들 모두가 생생히 기억하고 있었다.

그리고 많은 출연자들이 수호를 임시 족장으로 추천하기도 해 김성찬 PD가 이렇게 자리를 마련해 부탁을 하는 중이었다.

"알겠습니다. PD님이나 김정만 형님에게 당시 큰 도움을 받았는데, 이렇게 갚을 방도가 생겨 다행이네요."

수호는 초조한 눈빛으로 자신을 바라보는 그에게 너무도 간단하게 승낙 의사를 밝혔다.

"하아……."

그에 한껏 긴장하고 있던 김성찬 PD는 자신도 모르게 안도의 한숨을 내쉬었다.

수호는 김성찬 PD에게 보은을 할 수 있게 되어 다행이라 생각하는 한편, 김정만에 대한 걱정도 지울 수가 없었다.

'슬레인, 김정만 씨의 상황에 대해 좀 자세히 알아봐

줄 수 있어?'

[네, 알겠습니다.]

＊　　　＊　　　＊

"삼촌, 이번에 삼촌이 김정만 족장님을 대신한다면서
요?"

플라워즈의 막내 크리스탈은 귀여운 소녀 같던 모습
은 어디 가고, 어느덧 상큼한 20대 처녀가 되어 있었
다.

하지만 아직도 어릴 때의 모습을 그대로 간직한 듯,
같은 팀 멤버나 친구들에게 곧잘 장난을 치기도 했다.

"응. 예전에 김정만 형님에게 받은 도움도 있고, 또
김성찬 PD님도 상황이 많이 안 좋은 것 같아서 수락했
어."

"오, 그래요? 잘됐다. 그럼 이번 촬영 때 잘 부탁드릴
게요."

"응? 그게 무슨 말이야?"

느닷없는 크리스탈의 말에 수호는 눈을 동그랗게 뜨
며 물었다.

"다른 언니들은 모두 한 번씩은 야생의 법칙에 다녀
왔는데, 저만 아직 가 보지 못했잖아요. 그런데 얼마 전

저한테도 섭외가 들어왔거든요."

"음, 그런데 정만이 형님이 다쳤으니, 촬영이 무기한 연기되었겠구나."

"네, 맞아요. 그래서 실망이 컸는데, 다시 촬영이 재개될 거란 연락을 받았거든요. 게다가 임시 족장으로 삼촌이 나올 거란 얘기도 들었고요."

크리스탈은 오히려 그게 더 기쁘다는 듯 밝게 웃으며 말을 했다.

그러자 옆에서 조용히 식사를 하고 있던 혜리가 무서운 눈으로 그녀를 노려보며 끼어들었다.

"크리스탈, 너 거기 가서 괜히 삼촌 힘들게 하지 마. 알았어?"

2년 전만 해도 플라워즈의 막내 라인이던 두 사람은 그야말로 천방지축으로 사건 사고를 몰고 다녔다.

하지만 시간이 흐르면서 20대 성인이 된 지금은 정반대의 면모를 보여 주고 있었다.

여전히 10대 때의 성격을 버리지 못한 크리스탈은 아직도 주변 사람에게 짓궂은 장난을 쳐 난감한 상황을 만들기도 했다.

하지만 혜리는 완전히 성숙해져서 정반대의 면모를 보였다.

매사에 차분한 모습을 보이는 것은 물론, 어떤 분야

에서든 진지하게 몰두하는 자세로 임해 주변 사람들을 흐뭇하게 한 것이다.

그래서인지 예전에 지수가 맡은 군기 반장의 역할을 대신하기도 했다.

"야, 내가 무슨 삼촌을 힘들게 한다고 그래."

지금도 따끔하게 한마디를 했건만, 크리스탈은 순순히 말을 듣지 않았다.

크리스탈의 어설픈 반항에 혜리는 곧장 진압에 들어갔다.

"바로 지금 같은 모습이 삼촌을 힘들게 하는 거야. 애도 아니고, 식사하는 자리에서 다른 사람은 신경도 쓰지 않고 떠드는 게 민폐라는 거 몰라?"

"……."

한마디로 크리스탈의 입을 다물게 만든 혜리는 요조숙녀마냥 차분하게 스테이크를 썰었다.

그러한 혜리의 모습에 지수와 지민이 작은 목소리로 귓속말을 주고받았다.

"…혜리, 저 무서운 년."

"그러게 말이야. 아직도 천방지축인 크리스탈이야 그렇다 쳐도, 혜리가 저런 소리를 하다니. 우리가 보기엔 둘 다 똑같은데 말이야."

그런데 소리가 조금 컸는지, 그 말을 크리스탈과 혜

리 모두 들었다.

"언니! 누가 천방지축이야? 나도 이제 숙녀라고!"

"언니들, 제가 지금 애랑 똑같다고요?"

발끈해서 성질을 내는 크리스탈과 달리 혜리는 너무도 침착하게 말을 했다.

그 모습이 오히려 더 공포스러운지, 지수와 지민은 급히 입을 다물고는 시선을 피했다.

그런 두 사람의 반응에 크리스탈은 무슨 생각에서인지 혜리의 옆구리를 찔렀다.

"야, 넌 나랑 비슷하다는 게 기분 나빠?"

"윽! 야, 진수정! 이게 뭐 하는 짓이야?"

"뭐 하는 짓이긴. 왜 혼자 아닌 척 고상을 떠는데? 그리고 난 진수정이 아니라 크리스탈이라고!"

결국 한순간에 난장판이 되어 버리고 말았다.

그나마 다행인 점은 이곳이 룸이라 지켜보는 사람이 없다는 점이랄까.

어쨌든 소란이 커지자, 결국 보다 보한 혜윤이 나섰다.

"얘들아, 그만하지 않을래?"

평소 크리스탈이 장난을 쳐도 개의치 않고 받아 주는 착한 언니이지만, 이렇게 조용히 말을 할 때면 조심해야 했다.

그걸 잘 아는 멤버들이기에 다들 한순간에 입을 다물었다.

"…죄송해요."

그리고 소란의 장본인이 크리스탈도 기가 팍 죽어 얼른 사과를 하였다.

"언니, 저희도 잘못했어요. 앞으론 조심할게요."

"저도요."

그러자 눈치만 살피던 지수와 지민도 얼른 사과를 했다.

그렇게 다시 분위기가 정리되자, 수호가 감탄하며 말했다.

"역시 혜윤이 리더로서 카리스마가 있구나. 이거, 다시 봤는걸."

"어머!"

느닷없는 수호의 칭찬에 혜윤은 당황한 듯 볼을 붉혔다.

그만 수호의 존재를 까맣게 잊고 있던 것이다.

4. 야생의 법칙 in 팔라우

"뭐야?! 지금 그걸 말이라고 하는 거야!"

중국의 국가 주석인 진보국은 무척이나 분노했다.

소국이라 여긴 한국이 사죄를 하긴커녕 오히려 준엄하게 경고를 해 왔기 때문이다.

쾅!

외무장관인 왕웨이의 보고를 들은 그는 결국 분노를 참지 못한 그는 테이블을 강하게 내려쳤다.

진보국은 오래전 잃어버린 제국의 위용을 되찾기 위해 정권을 잡은 후로 수많은 업적을 이루어 왔다.

광활한 영토와 그에 걸맞은 막대한 인구수까지 겸비

한 중국.

그렇게 대국이라 불리기에 충분한 여건을 가지고 있으면서도 중국은 삼류 국가 취급에서 벗어나지 못하고 있었다.

하지만 진보국이 집권한 이후, 모든 것이 달라지기 시작했다.

수단과 방법을 가리지 않고 인민들을 쥐어짜 내며 경제성장을 이룩하고, 내실이야 어쨌든 겉보기에는 군사적 요소도 크게 강화시킨 것이다.

중국이 비록 UN 상임이사국의 자리에 있기는 하지만, 솔직히 10년 전만 해도 다른 국가에 무시당하기 일쑤였다.

이는 전적으로 경제력과 군사력이 받쳐 주지 못한 탓이다.

그러나 이제는 아니다.

세계 그 어느 나라도 더는 중국을 무시할 수 없는 게 작금의 현실이었다.

그런데 고대부터 옆에 붙어 있던 작은 나라가 감히 자신들의 주장에 반기를 든 것이다.

"아니, 싱하이밍은 대체 뭘 하고 있었단 일인가!"

"그도 항의를 했지만, 한국의 대통령은 전혀 들은 척도 않고 막무가내였다고 합니다."

불같이 화를 내는 진보국의 모습에 누군가가 싱하이밍 대사를 두둔하기 위해 변명을 하였다.

하지만 진보국의 귀에 그런 말이 들어올 리 만무했다.

"감히 내게 반기를 들어?! 그놈들을 절대 가만두지 않겠어!"

하지만 미쳐 날뛰는 진보국과 달리 왕웨이는 굳은 표정을 풀지 못했다.

비록 한국의 영토나 인구수는 중국의 일개 성에 미치지 못하지만, 군사력 측면에서 비교하면 결코 무시할 수 없었다.

아니, 핵전력을 제외한다면, 오히려 중국이 더 약하다고 볼 수도 있었다.

단순히 물량으로만 따지면 중국이 압도적으로 우위에 있지만, 한국 또한 결코 적은 수량을 가진 것은 아니었다.

게다가 한국은 6.25 전쟁 이후, 악착같이 군사력에 힘을 쏟아 왔기에 그 비축량은 세계 그 어느 나라에도 꿀리지 않을 정도였다.

뿐만 아니라 중국과 달리 한국군이 보유한 무기들은 대부분이 첨단화되고 기계화까지 모두 이루어진 상태였다.

중국의 군대가 아직 20세기와 21세 사이에 걸쳐 있는 중이라 하면, 한국군은 21세기 군대 중에서도 최첨단을 달리고 있었다.

물론 중국 내 국수주의에 물든 이들은 절대 인정하지 않겠지만, 웬만한 군사 전문가라면 모두가 인정을 하는 사실이었다.

더욱이 얼마 전부터 한국은 자체적으로 4.5세대 최신 전투기까지 개발을 완료하였다.

첩보에 의하면, 그중 하나는 무척이나 완성도가 높아 J—20이나 J—31로 일컬어지는 중국의 5세대 스텔스 전투기에 비해서도 성능이 전혀 떨어지지 않는다고 하였다.

솔직히 4.5세대와 5세대의 차이는 스텔스 기능의 유무에 불과하다.

그 외에 전투적인 성능 면에서 어느 것이 더 우수하다고 판단을 내리긴 아직 시기상조였다.

무엇보다 한국이 스텔스 기술이 없어서 최신 전투기에 적용하지 않은 게 아니란 사실을 중국 또한 잘 알고 있었다.

한국은 4세대 최신형 전투기를 자체 기술로 처음 개발하는 입장이라 무리하게 5세대 기술을 적용하기보단 실증 목적으로 개발하였다.

그리고 그 목적을 성공적으로 완수했다.

그것도 하나가 아닌 두 기를 동시에 말이다.

그에 반해 중국이 개발한 5세대 전투기는 말만 스텔스 전투기이지, 전혀 제대로 된 성능을 보여 주지 못했다.

세계에서 세 번째로 개발했다고 자랑을 하던 J—20의 경우, 스텔스 전투기란 명칭이 무색할 만큼 너무도 쉽게 레이더에 포착되었다.

뿐만 아니라 후속 기종인 J—31의 경우에는 엔진 출력이 70% 정도밖에 나오지 않아 제대로 활용을 못 하고 있는 실정이다.

이 점을 개선하기 위해서는 동맹인 러시아로부터 최신 전투기 엔진을 수입해야만 하는데, 그럴 수도 없었다.

애당초 J 시리즈의 전투기 엔진을 러시아 전투기로부터 불법적으로 카피한 것이라 러시아가 허락을 해 주지 않기 때문이다.

이런 문제들을 진보국 주석이라고 모르지는 않을 것이다.

하지만 이미 그의 머릿속은 우월적인 중화사상에 젖어 제대로 된 판단을 내리지 못할 뿐.

'하, 젠장!'

결국 왕웨이만 속이 까맣게 타들어 갔다.

＊　　　＊　　　＊

"꼭 가야겠니?"

오랜만에 모인 저녁 식사 자리에서 박은혜 여사는 불안한 눈빛으로 물었다.

이미 30대인 장성한 아들이지만, 여전히 물가에 내놓은 아이를 대하듯 말투에서는 걱정이 가득 묻어 나왔다.

더욱이 예전에 안 좋은 사고를 당했으니, 괜한 그녀의 걱정이 노파심 때문만은 아니었다.

"어머니, 너무 걱정하지 마세요. 제가 무슨 전쟁을 하러 가는 것도 아니고, 그냥 경치 좋은 곳으로 휴가를 간다고 생각하시면 돼요."

수호는 어머니를 안심시키기 위해 일부러 밝게 이야기를 하였다.

김성찬 PD의 요청으로 야생의 법칙의 출연을 결심하고 드디어 내일 필리핀으로 떠날 예정이라 인사차 들렀는데, 박은혜 여사는 도통 불안한 마음을 감추지 못하는 듯했다.

"하지만 지난번에도……."

박은혜 여사가 말을 하다 말고 멈췄다.

괜히 안 좋은 기억을 떠올려 수호의 기분을 상하게 만들까 싶어서였다.

수호 역시 어머니가 무슨 말씀을 하려고 했는지 바로 알아차렸다.

예전 사촌 동생과 함께 떠난 여행에서 조난당한 일을 아직 마음에 담아 두고 계신 게 분명했다.

그렇기에 수호는 들고 있던 숟가락을 내려놓고 살며시 어머니의 손을 잡았다.

"무슨 걱정 하시는지 알아요. 하지만 그때와 지금은 달라요. 게다가 안전 요원들도 확실히 준비되어 있으니, 걱정 않으셔도 돼요"

사실 수호는 그동안 일에 매달려 정신없이 살다 보니 다른 것을 돌아볼 여유가 없었다.

그래서 어머니가 무슨 마음으로 자신을 보고 계셨는지 이해하지 못했다.

그런데 이렇게 어머니의 걱정 가득한 모습을 보게 되자 괜히 미안한 마음이 들었다.

하지만 단순히 안심시켜 드리기 위해 변명을 하지는 않았다.

오히려 솔직한 자신의 심정을 털어놓았다.

"어머니도 아시겠지만, 이번 일은 그때 제가 받은 은

혜를 갚는 일이기도 해요. 그러니 이해 좀 해 주시면 안 될까요?"

이런 말을 한다고 해서 어머니가 안심할 수 있을 거란 생각은 하지 않았다.

부모에게 자식이란 60대 노인이 되어도 언제나 물가에 내놓은 어린아이인 것마냥 걱정스러운 존재이지 않은가.

"휴, 알았다. 그래도 항상 조심해야 한다. 내 말, 알겠지?"

"그럼요. 물론이죠."

"괜히 하는 말이 아니야. 만약 또다시 그런 소식이 전해지면, 엄마는 진짜 견디지 못할 거야."

"네, 잘 알아요."

두 모자가 주거니 받거니 대화를 나누는 동안, 중현은 조용히 식사만 했다.

그도 그럴 것이, 도저히 자신이 끼어들 틈이 없었기 때문이다.

그런데 갑자기 불똥이 튀었다.

"당신은 자식이 멀리 간다는데, 그렇게 할 말이 없어요?"

느닷없는 물음에 중현은 깜짝 놀랐다.

"응? 뭐, 무슨 할 말이 있겠어. 특전사까지 다녀온 용사 중의 용사인데, 잘 다녀오겠지."

그래서인지 중현은 마음에도 없는 말을 섣불리 하고 말았다.

솔직히 그 역시도 걱정이 되지 않는 것은 아니지만, 내색을 할 수는 없었다.

일전에 수호가 조난당했다는 소식을 들었을 때도 억장이 무너지는 것 같았지만, 끝끝내 평정을 유지해 냈다.

그럴 수밖에 없는 것이, 자신이 약한 모습을 보이면 아내가 더 큰 절망을 느낄 것이기 때문이었다.

그러니 중현은 언제나 남자로서 강한 모습을 보여야만 했다.

게다가 아버지가 되어서 다 큰 아들을 언제까지 싸고돌 수만은 없지 않겠는가.

"예. 믿어 주셔서 감사합니다."

수호는 그런 아버지를 보며 이해한다는 듯 빙그레 미소를 지었다.

＊　　　＊　　　＊

인천국제공항은 동북아의 허브란 명성에 걸맞게 이용하는 사람이 무척이나 많았다.

그런데 오늘은 유독 그 숫자가 평소보다 갑절은 되는 듯했다.

"오빠! 여기 좀 봐주세요!"

"크리스탈 예쁘다!"

공항 로비 한쪽에는 수많은 사람들이 모여 환호성과 함께 연신 소리를 질러 대고 있었다.

그들의 정체는 다름 아닌, 야생의 법칙 출연진이 출국한다는 정보를 듣고 몰려온 팬들이었다.

그들은 저마다 좋아하는 연예인들의 이름을 부르며 기뻐하고 있었다.

"정석아, 출연자들은 모두 도착했냐?"

자꾸만 몰려드는 팬들 때문에 혼잡스러운 공항 로비를 바라본 김성찬 PD가 지친 표정을 지으며 스텝에게 물었다.

"선미 씨하고 데니스 장, 그리고 특별 게스트 자격으로 출연하기로 한 정수호 씨가 아직 도착하지 않았습니다."

이정석 FD는 괜한 불벼락을 맞을까 싶어 얼른 출연자들의 현황을 보고했다.

"이거, 큰일이네. 예상보다 사람들이 너무 몰려들었어. 이러다 사고라도 나면 안 되는데……."

아직 약속 시간까지는 30분 정도 남은 상황.

하지만 팬들의 열기가 심상치 않았다.

야생에서 안전하게 촬영을 마치는 것도 중요하지만, 오프닝 촬영 또한 망쳐서는 안 되는 무척 중요한 장면이다.

그런데 너무도 많은 팬이 몰린 탓에 어떤 변수가 생길지 우려스러웠다.

팬들의 목소리가 들어가는 거야 편집을 통해 어느 정도 커버가 가능하지만, 예상 못 한 상황이 발생하면 수습이 불가능했다.

물론 성원해 주는 팬들의 열정은 고마운 일이지만, 가뜩이나 신경이 곤두서 있는 김성찬 PD로서는 어서 빨리 오프닝 촬영을 마치고 출국 수속을 마쳤으면 하는 바람이었다.

안 그래도 족장 김정만의 사고로 인해 전 국민의 관심이 쏠려 있는 상황이다 보니, 김성찬 PD로서는 부담이 이만저만이 아니었다.

그러니 이런 상황에서 혹시라도 사고가 발생한다면, 어떤 괴담이 만들어질지 몰랐다.

"선미 씨 도착했습니다!"

스텝 중 누군가가 급히 보고를 해 왔다.

그리고 바로 또 다른 게스트인 데니스 장도 공항에 모습을 드러냈다.

약속 시간을 겨우 10분 남겨 두고 도착한 선미와 데니스 장은 얼른 PD인 김성찬에게 다가왔다.

"PD님, 안녕하세요?"

"오, 선미 씨. 어서 와요."

"안녕하십니까. 늦어서 죄송합니다."

"아니야. 딱 시간 맞춰서 왔어. 그래도 데니스를 보니 마음이 든든하네."

김성찬 PD는 끓는 속내와 달리 두 사람을 반갑게 맞아 주었다.

"다른 사람들은 저기 모여 있으니, 어서 가 봐요. 오프닝 찍기 전에 인사라도 하고."

"네. 그럼 조금 있다가 뵐게요."

선미는 미안한 마음에 얼른 다른 게스트가 모인 곳으로 걸어갔다.

"이모, 삼촌, 어서 오세요."

두 사람이 출연자들이 모여 있는 곳에 도착하니, 크리스탈이 가장 먼저 나서서 인사를 했다.

"야, 내가 왜 이모야? 편하게 언니라고 불러."

선미는 빙긋 미소 지으며 크리스탈의 볼을 꼬집어 주었다.

왠지 눈만 웃는 그 모습에 다른 이들도 감히 끼어들지 못했다.

"아하요."

"아프기는. 이게 다 애정이 있어서 그러는 거야."

혜윤을 통해 그녀가 속한 플라워즈와 무척이나 친해진 사이였기에 두 사람은 그렇게 만나자마자 장난을 쳤다.

그런데 데니스 장은 그런 두 사람과 달리 살짝 긴장을 했다.

그도 그럴 것이, 사실 데니스 장은 크리스탈의 열렬한 팬이었다.

3년 전, 야생의 법칙에 함께 출연한 혜윤을 통해 플라워즈란 아이돌 그룹을 알게 되었다.

당시만 해도 현역으로 활동하는 격투기 선수라 그리 큰 관심을 두지는 않았다.

하지만 나이가 들어 현역에서 은퇴하면서 데니스 장은 예능인으로 거듭났다.

그러면서 아이돌 가수들을 자주 접하다 보니, 뒤늦게 관심을 가지게 되었다.

더욱이 플라워즈 멤버들과 안면을 틀고 나서는 통통 튀는 그녀들의 매력에 흠뻑 빠지고 말았다.

그중에서도 크리스탈은 데니스 장의 최애 캐릭터라 이렇게 가까이 보게 되니 절로 가슴이 떨리는 것이었다.

"그런데 특별 게스트가 있다는데, 혹시 누군지 알아?"

크리스탈과 간단히 회포를 푼 선미는 새삼 족장 김정만이 없다는 사실에 불안한 기분이 들었다.

그나마 야생의 법칙의 숙련자들만 모아 특집 방송을 한다고 하지만, 역시나 김정만의 부재는 뼈아팠다.

그런데다 족장 역할을 맡은 특별 게스트가 일반인이라는 소문을 들었기에 더욱 커질 수밖에 없었다.

연예인들 틈에 일반인이 끼게 되면 반드시라고 해도 좋을 만큼 문제가 발생할 것이 빤했다.

그런데 무슨 이유로 제작진에서 일반인을 섭외한 것인지 알 수 없는 노릇이었다.

항간엔 특별 게스트가 방송국 윗선과 연결된 권력자의 자식이 아닐까 하는 루머가 돌기도 했다.

그런데 질문을 들은 크리스탈의 표정이 이상했다.

왠지 알 수 없는 미소를 짓고 있었기 때문이다.

사실 특별 게스트의 정체는 출연진 모두에게 아직 알려지지 않은 상태였다.

이는 보다 극적인 장면을 연출하기 위한 김성찬 PD의 노림수이기 때문이다.

어리긴 해도 벌써 경력 5년 차에 해당되는 크리스탈은 방송을 위해 침묵을 지켰다.

그 순간, 한창 자신들이 좋아하는 스타의 이름을 연호하던 팬들이 조용해졌다.

'응? 무슨 일이지?'

선미는 소란이 멈추자 궁금한 마음에 고개를 들고 주변을 살펴보았다.

하지만 인의 장막으로 인해 상황을 알 수가 없어 답답한 마음만 들었다.

"특별 게스트분이 도착했습니다."

그때, 스텝의 목소리가 들려왔다.

"어머, 이제 도착했나 보다. 도대체 누구이기에 이렇게 꽁꽁 감춘 거지?"

*　　　　*　　　　*

팔라우 공화국은 태평양 서부의 연방 국가로, 342개의 섬으로 이루어진 나라다.

아울러 야생의 법칙에서 3시즌이나 촬영을 한 곳이기도 했다.

"와! 여기 물 색깔 좀 봐요. 너무 신기해."

크리스탈은 뭐가 그리 좋은지, 인천국제공항을 떠날 때부터 한껏 기분이 고조되어 있었다.

예전 같았으면 여러 지역을 경유해 이곳에 도착하기

까지 족히 스무 시간을 소모해야 하겠지만, 다행히 직항 노선이 생겨 네 시간 반 만에 도착할 수 있었다.

물론 야생의 법칙을 촬영할 장소까지는 경비행기로 두 시간을 날아 다시 배로 한 시간을 이동해야 했지만.

결국 이동에만 일곱 시간 반이 걸린 셈이었다.

이 정도면 지칠 만도 하지만, 크리스탈의 체력은 아직도 쌩쌩했다.

"수정아, 넌 안 힘드냐?"

그 모습에 선미가 부럽다는 듯 물었다.

"하나도 안 힘들어요. 이모는 힘드세요?"

"야, 나 이모 아니라니까? 언니, 언니라고 해 봐."

크리스탈의 이모 드립에 선미는 부드럽게 웃으며 정정을 요구했다.

"헤헤, 싫거든요? 메롱~"

당연히 그 말을 들을 크리스탈이 아니었다.

오히려 혀를 날름 내밀어 약을 올리고는 모래사장 한쪽으로 뛰어 달아났다.

"수정아, 그러다 잡히면 혼난다?"

그 순간, 이성의 끈이 끊어진 듯 선미가 사납게 웃는 얼굴로 크리스탈을 쫓아갔다.

그렇게 티격태격하는 두 사람을 지켜보던 사람들은 모두가 귀엽다는 생각을 떠올렸다.

이모니 뭐니 하지만, 사실 하는 모습을 보면 둘 다 똑같았다.

외모만 아름다운 성인 여성일 뿐, 알맹이는 철없는 꼬마나 다를 게 없는 것이다.

솔직히 처음 공항에서 크리스탈이 선미에게 이모라 부를 때, 스텝들은 무척이나 긴장했다.

다른 것도 아니고, 여자에게 있어 호칭은 무척이나 실례가 될 수 있는 행동이었다.

더욱이 선미는 크리스탈에게 하늘 같은 선배이지 않은가.

하지만 다행히도 선미는 크게 개의치 않는 반응을 보여 주었다.

뿐만 아니라 마치 친자매라도 되는 것처럼 친근하게 크리스탈을 대했다.

지금도 마찬가지였고.

"너무 멀리 가지 마!"

수호는 정답게 추격전을 벌이는 두 사람의 뒤에 대고 소리쳤다.

비록 작은 섬이지만 보이지 않는 곳에 어떤 위험이 도사리고 있을지 모르기 때문이다.

특히나 적도 인근의 바다에는 맹독을 가진 바다뱀이나 곰치와 같은 위험한 바다 생물도 있어 세심한 주의가 필요했다.

그렇게 작은 소동이 지나가고, 출연진과 촬영팀이 모두 모이자 김성찬 PD는 촬영 시작을 알렸다.

"지금부터 야생의 법칙 시즌 48을 시작하겠습니다."

"와!"

"모두들, 잘 부탁드립니다."

짝짝짝짝!

김성찬 PD의 선언에 출연자와 스텝들 모두가 환호하며 박수를 쳤다.

분위기가 점점 달아오르자 김성찬 PD는 진지한 표정을 지으며 주의 사항을 이야기했다.

"여러분도 아시다시피 이번 촬영에는 김정만 족장님이 참여를 하지 못하셨습니다. 그러니 다들 각별히 안전에 신경을 써 주시기 바랍니다."

족장 김정만의 부재는 출연진뿐만 아니라 촬영 스텝들에게도 불안감을 주기 충분했다.

그렇기에 김성찬 PD는 얼른 말을 이었다.

"족장님 대신이라고 하긴 뭐하지만, 여기 생존 전문가도 한 분 초대했으니, 너무 걱정하시지 않아도 될 것입니다."

"와아!"

"그런데 생존 전문가가 왜 저리 잘생겼어요?"

"그러게 말이야. 생존 전문가가 아니라 모델을 섭외한 것 같은데."

게스트들은 이미 인천공항에서 수호와 인사를 주고받았지만, 촬영을 위해 모르는 척 너스레를 떨었다.

그에 수호도 웃으며 자신을 소개했다.

"하하하, 반갑습니다, 야생의 부족민 여러분. 3년 전, 여러분의 도움으로 무인도에서 구조된 정수호라고 합니다."

수호는 사전에 준비한 대로 카메라를 향해 인사하였다.

"아니, 그런 인연이 있었습니까?"

"생존 전문가인데 조난을 당했다고요? 이거, 왠지 불안한데요?"

수호의 소개가 끝나기 무섭게 여기저기서 부족민들이 대사를 날리며 자신의 분량을 챙겼다.

그러던 중 수호가 조난당한 사실을 언급하며 디스를 넣는 이가 있었다.

그건 바로 크리스탈.

물론 그녀 또한 다 알고 있으면서 일부러 그러는 것이었다.

'음, 예능에 많이 출연을 했다고 하더니, 순발력이 뛰어나네.'

김성찬 PD는 출발 전부터 선미와 함께 찰떡 캐미를 보여 주는 크리스탈의 재능에 새삼 감탄했다.

멘트 하나하나가 버리기 아까울 정도인 것이다.

하지만 수호의 예능감도 절대 크리스탈에게 뒤지지 않았다.

"와, 이렇게 뒤통수를 치네? 크리스탈, 잠깐 이리 와 볼래?"

자신을 놀리는 크리스탈의 멘트에 수호는 눈을 동그랗게 뜨며 손짓을 했다.

그 모습이 너무도 웃기면서도 자연스러웠다.

비록 오래전 단 한 번의 출연에 불과했지만, 당시의 경험을 기억을 떠올린 수호는 다른 출연자들 못지않게 야생의 법칙에 녹아들었다.

'좋네.'

비록 메인인 김정만이 없지만, 순조롭게 촬영이 시작되었다.

*   *   *

"더 늦기 전에 집을 짓자."

수호는 어느덧 서쪽에 기울고 있는 태양을 보고는 일행들에게 말했다.

적도 인근이다 보니 생각보다 일찍 날이 저물 것이고, 그렇게 되면 금방 대기가 식어 기온이 뚝 떨어질 것이다.

당연히 보금자리를 확보하는 것이 우선이었다.

"일단 조를 나눠 불을 피울 인원과 집을 만들 인원, 그리고 저녁거리를 잡아 올 사냥 팀을 정할게."

수호는 자신이 출연진 중 가장 연장자는 아니지만, 생존 전문가로 초대된 만큼 일단 편하게 말을 하기로 했다.

물론 연배가 많은 이들에겐 깍듯하게 존칭을 하는 것도 잊지 않았다.

"선미는 경험이 있으니 여기서 불을 피우는 담당으로 남고, 데니스 형님과 크리스탈, 그리고 이군수 형님은 집을 짓는 팀으로, 그리고 종형이는 나와 함께 저녁거리를 잡아 오기로 하자. 혹시 다른 의견 있는 사람?"

"없어요."

"없습니다."

"그게 좋겠군."

수호의 역할 분담에 부족민들은 이의 없이 받아들였다.

"그리고 선미는 불 피우는 작업이 끝나면 집 짓는 팀에 합류해 줘."

"네, 알겠습니다!"

수호의 지시에 선미는 마치 군인이라도 된 것마냥 절도 있게 경례를 하였다.

그 모습이 너무도 귀여워 남자 출연진들은 모두 다 푸근한 미소를 지었다.

"그럼 실시!"

선미의 장난스런 제스처에 수호도 합을 맞춰 주자, 다들 바쁘게 움직이기 시작했다.

일단 선미는 불을 피우기 위해 배낭에서 파이어 스틸을 꺼냈다.

처음에는 예전 수호에게 배운 대로 마른 나무로 불을 피워 볼까 했지만, 이내 생각을 접었다.

곧 날이 어두워지면 불 피우는 것도 힘들뿐더러 집을 짓는 것도 도와야 하기에 그럴 여유가 없다고 느낀 것이다.

파이어 스틸을 챙긴 선미를 숙영지 주변을 살피며 마른 나뭇가지와 불쏘시개를 구했다.

선미가 그렇게 뽀르르 돌아다니는 동안, 집 짓기를 맡은 팀은 각자 준비해 온 칼을 하나씩 챙겨 들고 숲으로 들어갔다.

그리고 수호와 종현은 작살과 물안경을 챙겨 바닷가로 향했다.

작살을 들고나오긴 했지만, 바다는 생각보다 깊지 않았다.

물이 빠지는 때라서인지, 겨우 무릎 위만 잠길 정도였다.

"족장님, 이래서는 물고기 잡기가 쉽지 않을 것 같은데요."

종현은 겨우 무릎 높이에 불과한 바다를 거닐며 부정적인 의견을 제시했다.

그도 그럴 것이, 어느 정도 깊이가 있어야 물고기를 잡을 것인데, 이렇게 얕은 바다에 물고기가 살기나 할지 걱정이 든 것이다.

물론 얕다고 해서 물고기가 없는 것은 아니지만, 성인 여섯 명이 먹을 수 있을 정도로 큰 물고기가 있을 것 같지 않았다.

"걱정하지 마, 종현아. 분명 쓸 만한 놈을 잡을 수 있을 테니까."

수호 역시 종현이 무슨 걱정을 하는 것인지 충분히 이해했다.

사실 수호가 느끼기에도 적당한 사냥감이 눈에 띄지 않고 있기 때문이다.

하지만 수호에게는 만능 일꾼인 슬레인이 있었다.

[주인님, 전방 1킬로미터 지점에 웅덩이가 하나 있는데, 그곳에 가오리 한 마리가 고립되어 있습니다.]

역시나 슬레인이 사냥감의 존재를 느끼고 수호에게 알려 주었다.

'땡큐.'

수호는 내심 다행이라 생각하며 조금 빠르게 걸음을 옮겼다.

첨벙첨벙.

마치 무언가에 홀리기라도 한 것처럼 나아가는 수호의 모습에 종현은 말없이 뒤를 따랐다.

그렇게 꽤 긴 시간을 걸은 끝에 수호와 종현은 슬레인이 알려 준 웅덩이에 도착할 수 있었다.

"와, 이런 곳에 물웅덩이가 있네요? 족장님은 어떻게 아셨어요?"

낮게 솟아난 모래톱 사이로 웅덩이가 있는 모습이 신기했는지, 종현은 짧게 감탄을 쏟아 냈다.

"딱 느낌이 오더라고. 왠지 여기에 뭔가 있을 것 같으니, 자세히 살펴보자."

얕은 물속에 모래를 뒤집어쓰고 있는 가오리의 존재를 이미 눈치챘지만, 수호는 일부러 티 내지 않고 말을 했다.

"네, 알겠습니다."

바다낚시를 좋아하는 종현은 이와 비슷한 상황에 대해 들은 적이 있었다.

일명 독살이라 불리는 것인데, 조수 간만의 차를 이용해 물고기를 잡는 방식이었다.

비교적 원시적인 형태의 사냥법이지만, 그 효과는 확실했다.

"오, 여기다!"

종현은 물웅덩이를 살피던 중 모래 바닥 속에 뭔가 튀어나와 있는 것을 보았고, 본능적으로 작살을 들어 찔렀다.

그러자 숨어 있던 가오리가 꿈틀대면서 튀어 올랐다.

"종현아, 조심해!"

"네, 알겠습니다."

사실 수호는 가오리의 존재를 진즉부터 알고 있었다.

하지만 자신은 은혜를 갚기 위해 특별 출연을 한 터라 멋진 장면을 종현에게 양보한 것이었다.

마침 두 사람을 따라온 카메라맨이 종현의 행동을 고스란히 촬영했다.

"으랏차!"

거칠게 반항하는 가오리를 찍어 누르던 종현은 급기야 괴성을 지르며 작살을 높이 치켜들었다.

그러자 작살에 등을 꿰인 가오리가 역동적으로 파닥

이는 모습이 카메라에 담겼다.

"제가 잡았어요!"

종현은 무척이나 뿌듯한 듯 소리를 질렀다.

'그림 좋은데!'

카메라맨 역시 좋은 장면을 잡았다는 생각에 내심 탄성을 터트렸다.

그동안 야생의 법칙을 따라다니면서 무수히 많은 영상을 담아 왔지만, 방금 전 종현이 연출해 낸 장면은 그중에서도 베스트에 들어갈 정도로 좋았다.

*　　　　*　　　　*

한편, 수호와 종현이 한창 사냥에 매진하고 있을 때, 숲으로 들어간 데니스와 크리스탈, 그리고 이군수는 잠시 어려움에 처했다.

"이거, 쉽지 않은데?"

원하는 재료가 좀처럼 보이지 않자, 이군수는 저도 모르게 한숨을 내쉬었다.

야생의 법칙과는 인연이 없어 이번이 첫 출연인 이군수이지만, 태생이 강원도 산골이라 움막이나 나무집을 짓는 요령은 잘 알았다.

무엇보다 며칠 정도만 머물 수 있으면 되기에 적당한

크기의 나무만 찾으면 되는데, 그게 생각보다 어려웠다.

크리스탈 역시 이런 야외 생존 프로그램은 처음이라 뭘 해야 할지 잘 몰랐다.

"삼촌, 어느 정도 굵기의 나무가 필요한 건가요?"

"응. 네 손목 정도면 적당할 것 같아. 그보다 조금 얇아도 상관없고."

조언을 구하는 크리스탈의 모습에 이군수는 친절하게 예시를 들어 가며 가르쳐 주었다.

"네, 알겠습니다."

얼른 대답을 한 크리스탈은 깡충깡충 뛰면서 앞으로 뛰어나갔다.

"어, 잠깐만!"

그 모습에 이군수는 얼른 크리스탈을 불러 세웠다.

"왜요?"

"저거, 파인애플 같은데?"

"네? 파인애플이요? 어디요?"

느닷없는 이군수의 말에 크리스탈은 눈을 동그랗게 뜨며 물었다.

사실 그녀는 지금 너무도 배가 고팠다.

그도 그럴 것이, 수호와 함께 야생의 법칙을 촬영한다는 생각에 이른 새벽부터 일어나 바쁘게 움직이는 와

중에 먹은 게 별로 없기 때문이다.

공항에서 간단한 군것질과 커피 한 잔, 그리고 기내식으로 나온 닭 가슴살 셀러드가 오늘 그녀가 먹은 것의 전부였다.

그러다 보니 파인애플이라는 말에 저도 모르게 눈이 돌아간 것이다.

"저기, 저거 말이야."

이군수는 별생각 없이 파인애플을 가리키다 크리스탈의 눈을 보곤 깜짝 놀랐다.

평소와 달리 크리스탈의 눈이 활활 타오르고 있던 것이다.

"와, 정말 파인애플이다!"

하지만 이군수가 놀라거나 말거나, 파인애플을 확인한 크리스탈은 그저 행복한 미소를 지을 뿐이었다.

"정말이네."

주변에서 나무를 베고 있던 데니스도 흥분한 크리스탈의 목소리를 듣고는 다가왔다.

"삼촌, 저 배고파요. 우리, 이거 하나만 먹으면 안 될까요?"

애처로운 눈으로 쳐다보며 부탁하는 크리스탈.

그 귀여운 모습에 홀딱 넘어간 이군수는 바로 고개를 끄덕였다.

"그래. 어차피 가져갈 것도 많으니, 하나쯤 먹어도 상관없겠지. 대신 비밀이다?"

"네, 좋아요."

이군수는 촬영을 위해 따라온 카메라맨에게도 단단히 입단속을 시키며 파인애플을 하나 땄다.

그러고는 밑둥을 잘라 크리스탈에게 내밀었다.

"와, 냄새가 너무 좋아요."

달콤한 향기에 크리스탈은 행복한 미소를 지었다.

5. 다가오는 위험

국정원 3처 소속의 감청팀 요원인 이정일은 다급한 표정으로 이중원 주임을 찾았다.

　　"선배님, 이것 좀 들어 보십시오."

　　"뭔데 그리 호들갑이야?"

　　국정원 요원으로서, 특히나 은밀함을 가장 중요시해야 하는 감청팀 소속으로서 이렇게 요란을 떠는 행위는 지양해야 할 사항이다.

　　자칫 자신들의 목소리가 녹음되기라도 하면 문제가 심각해질 수 있기 때문이다.

　　하지만 이정일은 그런 걸 신경 쓸 정신도 없다는 듯

다급히 말했다.

"중국 새끼들이 뭔가 꾸미나 봅니다."

"뭐?"

무언가 심상치 않은 이정일의 보고에 이중원 주임도 급히 헤드셋을 쓰고 귀를 기울였다.

보름 전, 주한 중국 대사인 싱하이밍은 청와대를 찾아와 난리를 부렸다.

한국 정부가 대만에게 무기를 판매한 일을 가지고 항의 서한을 전달하며 으름장을 놓은 것이다.

하지만 정동영 대통령은 전혀 개의치 않았다.

오히려 싱하이밍 대사에게 쓸데없는 내정간섭이라며 따끔하게 일침했다.

그리고 이 소식은 이미 만천하에 퍼진 상황.

예나 지금이나 국가 간의 관계란 것은 다툼이 있다고 해서 무 썰듯 바로 갈라지지는 않는다.

겉으로는 화를 내면서도 어떻게 하면 더 이득을 볼 수 있을지 서로를 속이고 기만하는 것은 의례적으로 있는 일이었다.

그리고 대한민국의 영토 안에서 타국을 상대로 도청하는 것은 정보기관이라면 누구나 하는 행위이기도 했다.

반대로 중국에서도 같은 일이 벌어지고 있을 것이 분

명했다.

한국과 중국이 수교를 맺고 활발하게 경제 교류를 하고 있다고 해서 동맹국인 것은 아니다.

오히려 불과 몇 십 년 전까지만 해도 서로 총부리를 겨누고 전쟁을 치른 사이가 아닌가.

동맹국 간에도 서로를 몰래 감시하는데, 하물며 그 대상이 중국이라면 당연한 조치였다.

"음, 아무래도 상부에 보고를 해야 할 것 같은 데……."

사안의 심각성을 깨달은 이중원 주임은 저도 모르게 침음성을 흘렸다.

그도 그럴 게, 조금 전 싱하이밍 대사가 받은 통신에는 누군가의 암살에 대한 내용이 포함되어 있었기 때문이다.

물론 이런 내용의 대화는 보통 암호를 섞어 사용하기 마련이지만, 국정원에서는 중국이 사용하고 있는 암호문을 이미 해독한 상태였다.

그런 와중에 민감한 표현이 확인되었으니, 이정일과 이중원 주임이 긴장하는 것도 무리는 아니었다.

"어떤 내용이 더 나올지 모르니, 넌 계속해서 듣고 있어. 난 지금 바로 실장님께 보고를 할 테니."

"네, 알겠습니다."

＊　　　＊　　　＊

작살을 들고 호기롭게 나선 수호와 종현은 아쉬워하며 발길을 돌렸다.

두 사람의 수확은 가오리 한 마리뿐.

그나마 슬레인의 정보가 아니었다면 아무것도 잡지 못했을 테니, 족장으로서 전혀 면목이 서지 않는 일이었다.

"저희 왔습니다."

종현의 풀 죽은 목소리에 한창 집을 짓고 있던 선미와 크리스탈이 관심을 드러냈다.

"잘 돌아왔어. 그런데 빈손이네?"

"뭐야? 그럼 우리… 저녁 굶는 거예요?"

그러다 이내 두 사람의 손에 아무것도 들려 있지 않자 실망한 기색을 역력히 드러냈다.

"하하하, 짜잔!"

그때까지 굳은 표정으로 연기를 하던 종현은 뒤에 숨기고 있던 가오리를 들어 보였다.

이미 돌아오는 길에 수호가 손질을 해서 꼬리와 내장이 손질된 상태였다.

"꺅! 징그러워. 그게 뭐예요?"

질겁하는 크리스탈의 모습에 수호가 얼른 설명을 해 주었다.

"크리스탈은 가오리 본 적 없어?"

"그게 가오리예요? 전 처음 봤어요."

"이게 생긴 건 이래도 꽤 먹을 만해."

"…네. 그런데 왜 속이 텅 비어 있어요?"

원래대로라면 숙영지로 돌아와 게스트 중 한 명이 손 질하는 장면을 촬영해야 하겠지만, 늦은 시간이다 보니 수호가 바로 처리를 했다.

그러지 않으면 요리를 하기까지 너무 많은 시간을 낭 비할 것만 같아서였다.

물론 야생의 법칙의 모토가 오지에서 어떻게 살아남 느냐에 대한 대처를 보여 주는 것이기에 그런 고생조차 하나의 재미 요소이긴 하지만, 수호는 굳이 어렵게 돌 아갈 필요가 없다고 생각했다.

어차피 사냥감을 잡아 바로 손질하는 것도 야생의 생 존 법칙 중 하나이니까.

게다가 자신들과 함께 이동한 카메라맨이 손질 장면 을 찍었을 테니, 문제 될 것은 없었다.

"어? 손질까지 다 해 왔네? 종현이, 네가 한 거야?"

이군수는 가오리가 깔끔하게 손질된 모습에 신기하다 는 듯 물었다.

"아니요. 족장님이 하셨어요. 물론 잡은 건 저이지만 요."

또다시 어깨를 으쓱거리며 자랑하듯 과시하는 종현이 었다.

수호는 얼른 나서서 해명을 했다.

"네. 아무리 찾아봐도 이것밖에 잡지 못해 죄송한 마음에 제가 그냥 손을 봤어요."

그때, 막 뭐라고 하려던 김성찬 PD는 무슨 생각을 했는지 카메라맨을 흘깃 쳐다보았다.

그러자 카메라맨 역시 살짝 고개를 끄덕이며 긍정을 표했다.

모든 장면을 찍어 놓았다는 신호였다.

문제가 없음을 확인한 수호는 내심 안도의 한숨을 쉬었다.

"일단 이건 칼집을 내고 소금만 대충 뿌려 불에 구워 먹으면 될 것 같아."

눈치 빠른 선미가 얼른 종현에게서 가오리를 받아 들고는 말했다.

"응. 그럼 부탁 좀 할게. 우린 집 짓는 데 참여할 테니."

"그래, 그럼 되겠다."

수호가 선미에게 감사를 표하자, 이군수도 얼른 끼어

울트라 코리아 *ULTRA KOREA*

들었다.

사실 이군수는 불을 피운 후에 집 짓는 일까지 돕는 선미가 안쓰러웠다.

자신들은 몰래 파인애플이라도 먹었지만, 선미는 지금까지 전혀 쉬지 않고 일만 했기 때문이다.

"그럼 크리스탈도 선미를 도와줘."

임시 족장인 수호는 크리스탈도 은근슬쩍 요리에 끼워 넣었다.

처음에는 에너지가 넘칠 정도로 활발하게 행동하던 크리스탈이지만, 시간이 갈수록 텐션이 떨어지는 건 어쩔 수 없었다.

그도 그럴 것이, 처음 참가한 야생의 법칙이라 체력을 제대로 관리하지 못하고 방전 상태가 되어 버렸기 때문이다.

그럼에도 다른 출연자들에게 민폐를 끼치지 않기 위해 더욱 힘을 냈지만, 그걸 알아차리지 못할 이군수가 아니었다.

아니, 비단 이군수뿐만이 아니었다.

크리스탈을 제외한 다른 출연진들은 이미 몇 시즌이나 야생의 법칙에 참여한 베테랑들이다.

그렇기에 다들 크리스탈이 현재 어떤 상황인지 눈치챌 수 있었다.

자신들 역시 한때 그런 적이 있으니까.

다만, 크리스탈이 워낙 열성을 다해 일을 하다 보니 차마 말을 하지 못한 것이다.

그런데 다행히 수호가 나서서 적절한 지시를 내리자, 그제야 한숨 돌릴 수 있었다.

"그래. 족장과 종현이도 왔으니, 집 짓는 건 이제 금방 끝날 거야. 그러니 좀 쉬다가 선미랑 같이 요리를 해 줘."

"네. 그렇게 할게요."

그렇게 남자 두 명이 새로 투입되자, 집 짓는 작업은 순식간에 끝이 났다.

수호야 말할 것도 없고, 종현 역시 이미 몇 차례의 출연을 통해 능력이 증명되었기에 그리 큰 어려움은 없었다.

모두들 만족한 표정으로 하나둘 바닥에 주저앉자, 수호는 다시 장비를 챙겼다.

아직 식수에 여유가 있긴 하지만, 미리미리 준비를 해 놓을 생각으로 오는 길에 본 야자열매를 따 오려는 것이었다.

그런 수호의 모습에 종현이 바로 따라붙었다.

"족장님, 같이 가요."

그러자 데니스도 조용히 자리에서 일어났다.

40대 중반인 이군수야 그렇다 쳐도 선미와 크리스탈도 요리를 하느라 바쁘게 움직이고 있는 터라 가만히 쉬고 있으려니 눈치가 보인 것이다.

얼마 지나지 않아 수호는 낮에 봐 둔 야자나무 앞에 멈춰 섰다.

"종현아, 위험하니까 조금 떨어져 있어."

괜히 밑에 있다 야자열매에 맞아 부상을 당할 수도 있기 때문에 주의를 주는 수호.

사실 동남아에서는 그로 인해 다치거나 사망하는 사고가 종종 발생한다.

그러니 부족민들의 안전을 책임져야 하는 임시 족장으로서 당연한 조치였다.

그렇게 주의를 준 수호는 곧장 나무를 타고 올라갔다.

"와!"

그 능숙한 모습에 종현은 저도 모르게 감탄성을 냈다.

그 또한 야생의 법칙에 출연하면서 몇 차례 오른 적이 있다.

하지만 그렇다 해도 결코 쉬운 일은 아니었다.

대부분의 나무 타기는 위험하기에 김정만이 나서서 해결했다.

그런데 지금 수호가 보여 주는 실력은 김정만에 비해 결코 뒤처지지 않았다.

아니, 오히려 더 뛰어난 구석이 있었다.

누가 보면 이곳에 사는 원주민이 아닐까 생각될 정도였다.

"조심해!"

종현이 입을 벌린 채 놀라 있는 동안, 어느새 한참 위까지 오른 수호에게서 경고하는 외침이 들려왔다.

종현과 데니스는 화들짝 놀라며 야자나무에서 조금 떨어져 섰다.

그러자 수호는 조심스럽게 하나씩 야자열매를 모래가 깔린 바닥으로 던졌다.

툭, 툭.

모래는 충분히 완충장치가 되어 야자열매를 부드럽게 받아 주었다.

"족장님, 이제 충분할 것 같습니다!"

잠시 후, 대충 열 개가 넘는 야자열매를 확보하자 종현은 급히 외쳤다.

"알았어. 지금 내려갈게."

수호가 이번에도 능숙하게 나무를 타고 내려오자, 종현은 감탄하며 다가와 말을 건넸다.

"와, 어디 야자나무 농장에서 일하다 오셨어요?"

"이 정도야 기본이지. 근데 내가 말 안 했던가?"

"무슨 말을요?"

"나, 특전사 출신이라고."

대수롭지 않다는 듯 무심하게 말한 수호가 바닥에 떨어진 야자열매들 중 하나를 들고는 대번에 쪼개 버렸다.

그 모습을 본 종현이 의아한 표정으로 물었다.

"아니, 힘들게 딴 열매를 왜……."

"응, 목이라도 축여야지. 데니스 형님도 이것 좀 드세요."

수호는 종현에게 야자열매를 건넨 후, 다시 하나를 쪼개 데니스에게도 내밀었다.

"아, 그리고 안에 과육은 드시면 안 됩니다. 따로 쓸데가 있으니까요."

"응? 어디다 쓰려고?"

크리스가 의아해하며 물었지만, 수호는 대답 대신 그저 싱긋 미소만 지었다.

이곳 팔라우에는 맛있기로 유명한 명물이 있는데, 그것을 사냥하기 위해선 야자열매가 필요했다.

아니, 정확하게는 그 안에 든 코코넛의 과육 부분이 필요한 것이다.

종현과 데니스가 배가 부를 정도로 마시고 빈 열매를

넘겨주자, 수호는 덤불이 있는 곳으로 다가가 그것들을 바닥에 널어 두었다.

그러고는 야자나무 잎을 잘라 그 위로 덮었다.

이렇게 해 두면 어두운 곳을 좋아하는 코코넛 크랩들이 모여드는데, 이는 사실 야생의 법칙에서 족장 김정만이 몇 차례 선보인 방법이기도 했다.

"이제 돌아가죠."

세 사람이 양손 가득 코코넛 열매를 가지고 돌아오자, 마침 저녁 준비가 끝났는지 테이블이 세팅되어 있었다.

노릇노릇하게 구워진 가오리와 향긋한 풍미를 더해 주는 파인애플까지.

누가 보면 야생의 섬이 아니라 일류 호텔의 식당이라 착각할 정도로 화려한 비주얼이었다.

"와, 이렇게 보니 갑자기 식욕이 당기네."

종현은 감탄한 듯 황홀한 표정을 지으며 말했다.

종현 역시도 하루 종일 먹은 것이 별로 없었다.

때문에 잘 차려진 요리를 보니 새삼 허기가 느껴지는 것 같았다.

"그런데 파인애플은 언제 준비를 한 거야?"

"아까 군수 삼촌이 숲으로 나무를 하러 갔다가 발견

했어요."

"그래? 정말 잘됐네. 사실 가오리 한 마리로 어떻게 해야 하나 걱정했는데 말이야."

내색하지는 않았지만, 사실 수호는 조금 자책하고 있었다.

임시 족장을 맡아 시작부터 부족민들을 굶기는 게 미안했기 때문이다.

가오리가 작은 크기는 아니지만, 그래도 입이 여섯이나 되었다.

게다가 운동선수 출신인 데니스나 한창때의 종현 등을 떠올리면 두 마리로는 턱도 없이 부족할 게 분명했다.

그래서 조금이라도 배를 채우게 하기 위해 일부러 나서서 야자열매를 따 온 것이기도 했고.

그런데 큼지막한 파인애플이 두 개나 있으니, 한결 안심이 되었다.

"역시 군수 형님이네요. 덕분에 살았습니다."

"하하, 뭘 이런 걸 가지고."

눈을 반짝이며 감사를 표하는 수호의 모습에 이군수는 차마 자신들이 먼저 맛을 보았다는 말을 하지 못했다.

"이거 한 번 먹어 봐요. 엄청 달아요."

낯에 이미 파인애플을 먹어 본 크리스탈은 눈을 반짝이며 한 조각을 내밀었다.

수호는 빙그레 미소를 지으며 손을 내밀었다.

"고마워, 크리스탈. 잘 먹을게."

하지만 마음에 들지 않는다는 듯 크리스탈이 손을 뒤로 뺐다.

"아이, 그러지 말고요. 자, 아앙~"

"……."

순간, 출연진은 물론이고, 촬영 스텝들까지 모두가 놀란 눈으로 크리스탈을 바라보았다.

그녀의 뜻을 알아차린 수호는 어쩔 수 없다는 표정을 짓고는 입을 벌렸다.

그러자 크리스탈이 들고 있던 파인애플 조각을 수호의 입속에 쏙 넣어 주었다.

'호오, 이거, 그림이 되겠는걸?'

뜻하지 않는 장면을 보게 된 김성찬 PD는 눈을 반짝였다.

이미 출반 전부터 뭔가 촉이 오긴 했는데, 설마 카메라가 돌고 있는 상황에서 이런 모습을 보여 준다는 것에 새삼 놀란 것이다.

"너희, 지금 여기 연애하러 왔냐?"

모두가 당황하여 굳어 버린 분위기에 이군수가 한마

디를 하며 끼어들었다.

하지만 크리스탈은 당황해하지 않으며 가볍게 응수했다.

"그럼 군수 삼촌도 여기 수호 삼촌처럼 키도 크고 잘생겨 봐요. 그럼 제가 직접 손으로 먹여 드릴 테니까요."

"엉? 뭐라고? 와~ 이거, 못생긴 사람은 서러워서 살겠나."

너무도 당돌한 크리스탈의 말에 군수는 황당한 표정을 지어 보이며 허탈한 듯 말했다.

그러다 이내 뭔가를 떠올린 듯 회심의 일격을 날렸다.

"그런데 그 파인애플, 내가 가져온 거잖아."

"그래서요?"

"아니, 뭐… 그렇다고."

크리스탈이 전혀 신경 쓰지 않고 눈을 샐쭉하게 뜨자, 이군수는 급히 꼬리를 말았다.

그 모습에 촬영장 전체에 폭소가 터져 나왔다.

*　　　*　　　*

새벽 1시.

스텝들도 모두 철수하고 고정형 카메라 몇 대만 켜져 있는 촬영장.

출연자들도 모두 곤히 잠든 상황에서 수호는 홀로 깨 있었다.

"몇 년 만에 보는 맑은 밤하늘이네."

하루 종일 바쁘게 움직였지만, 이 정도로는 아무렇지도 않았다.

오히려 오랜만에 야생에서 움직이다 보니, 새삼 상쾌한 기분마저 느낄 수 있었다.

그래서인지 좀 더 이 기분을 마음껏 만끽하고 싶었다.

바쁜 도심 속에서는 결코 볼 수 없는 광경.

당장에라도 쏟아질 듯 끝없이 펼쳐진 은하수는 그 어떤 명장의 작품도 비교가 되지 않을 것 같은 감동을 주었다.

그에 슬레인이 무엇을 느꼈는지 조심스럽게 텔레파시를 보내왔다.

[주인님, 무슨 생각을 그렇게 하십니까?]

'그냥 저 드넓은 우주를 보고 있었어.'

[우주 탐사를 하고 싶으신 것입니까?]

'그렇긴 한데, 지금의 기술로는 어렵겠지.'

마음이야 간절하지만, 현재 기술이 낙후되어 달까지

탐사하는 것도 목숨을 걸아야 할 정도로 어려운 일이었다.

[당장은 힘들지 몰라도 가능할 것 같습니다.]

'뭐? 어떻게?'

하지만 이어진 슬레인의 말에 수호는 순간 너무 놀라 자리에서 벌떡 일어났다.

'설마… 프루그슈탈이 타고 온 우주선이 남아 있는 건가?'

프루그슈탈은 분명 자신에게 선물을 주고 간다고 했다.

그동안 수호는 그것이 슬레인이라고만 생각하고 있었다.

하지만 뜬금없는 슬레인의 말에 그게 아닐지도 모른다는 생각이 들었다.

그래서 수호는 확인하듯 물었다.

[그건 아니지만, 소형 우주선은 남아 있습니다.]

도저히 믿을 수 없는 이야기를 들었다는 듯 수호는 크게 놀란 표정을 지었다.

그러고는 흥분한 듯 다급히 물었다.

'뭐라고? 그게 정말이야? 그럼 지금 어디 있는데? 찾을 수는 있어?'

[제 계산이 맞다면, 이 일대 어딘가일 것입니다.]

'이 근처라고?'

[네, 그렇습니다. 전에는 인근에 흐르던 용암으로 인해 정확한 좌표를 찾지 못했지만, 지금은 정확한 위치를 찾을 수 있을 것입니다.]

'그렇단 말이지?'

슬레인의 설명을 들은 수호는 두 눈을 반짝이며 기억을 더듬어 보았다.

그러자 예전에 본 프루그슈탈의 메시지가 떠올랐다.

— 이곳에 있는 것은 네가 사용해도 된다.

조난 당시, 해저 동혈에 빨려들었다가 깨어났을 때, 프루그슈탈이 남긴 메시지에는 분명 그러한 말이 있었다.

실제로 그곳에서 머무는 동안 몇 가지 정보를 그곳에서 습득하기도 했다.

다만, 그곳을 빠져나올 때 좌표를 잃어버린 탓에 이후로는 두 번 다시 찾아가질 못했다.

아니, 정확하게는 한국으로 돌아가야 한다는 생각에 신경 쓰지 못했다는 것이 정확한 표현일 것이다.

그런데 어느 정도 기반을 마련하고, 또 계획한 일들을 하나씩 이룩해 나가는 와중에 슬레인에게 뜻밖의 이야기를 듣게 되니, 새로운 욕망이 떠올랐다.

초강대국 미국도 이제 겨우 화성에 탐사선을 보내는 수준이다.

몇 번 달에 사람을 보내기는 했지만, 그 외에 유인 우주선은 감히 꿈도 꿀 수 없었다.

그도 그럴 것이, 아무리 가깝게 접근한 시기라 해도 지구에서 화성까지의 거리는 현재의 로켓 기술로 8개월이 소요된다.

그러니 사람을 태우고 왕복하는 일은 결코 쉽지 않았다.

특히나 우주 공간에 만연한 방사선으로부터 승무원들의 안전을 보장하는 것도 아직 해결되지 않은 숙제다.

하지만 지구에 문명을 전파해 준 (프루그슈탈)이 가진 외계의 우주선이라면 그런 문제를 모두 해결할 수 있지 않겠는가.

거기까지 생각이 미친 수호의 눈은 어느새 반짝이는 희망으로 가득했다.

'좌표를 찾는 데 얼마나 걸릴 것 같아?'

[지형이 이전과는 조금 달라졌을지도 모르겠지만, 현재 보유하고 있는 자산을 이용한다면 10년 내에 충분히 찾아낼 수 있을 것입니다.]

필리핀과 팔라우 사이의 넓은 지역을 탐사하는 것이 쉽지는 않겠지만, 현재 주식으로 벌어들인 자본을 활용한다면 충분히 가능하리라.

슬레인은 자신이 활용할 몸체를 만들기 위해 세계 유수의 로봇 제작업체나 인공지능 연구 기업들을 사냥하듯 사들였다.

하지만 그러고도 남아돌 정도로 많은 자본을 축적 중이다.

그러니 그 일부만 활용해도 처음 수호와 인연을 맺은 해저 동혈을 찾아낼 수 있을 것이 분명했다.

'좋아, 그럼 당장 실행해.'

물론 10년이란 세월이 결코 짧은 시간은 아니다.

강산도 변한다는 것이 바로 10년이란 시간인 것이다.

하지만 유전자 개조를 마친 수호에게 10년은 그리 오랜 시간이 아니었다.

*　　　*　　　*

끝없이 펼쳐진 망망대해 위로 수십 척의 배가 옹기종기 모여 있었다.

그중 대장선으로 보이는 배에서는 평소와 달리 조금은 급박한 분위기가 풍기고 있었다.

"대장님, 본부로부터 전문이 날아왔습니다!"

"이번엔 또 뭔데?"

갑판 위에서 느긋하게 쿵푸 수련을 하고 있던 왕이룽

은 급히 달려와 보고하는 주레이웨이를 향해 귀찮다는
듯 물었다.

그런데 왕이룽이 펼치는 동작들은 뭔가 예사롭지 않
았다.

현대에 이르러 쿵푸라 하면 보통 태극권을 떠올리기
마련이다.

중국을 대표하는 태극권은 공원 같은 곳에서 늙은 노
인들이 펼치는 건강 체조와 비슷한 동작이 특징이다.

그래서인지 실전성이라고는 한 점도 찾아볼 수 없다
는 이유로 조롱의 대상이 되기도 했다.

청나라 초기에 반청복명을 기치로 일어난 천지회에서
기원된 무술로, 태극권 따위와는 차원이 달랐다.

자고로 무술이란 어릴 때부터 꾸준히 수련을 해야 실
전에 써먹을 수 있다.

하지만 당시 대륙을 지배한 청나라에 반기를 들고 테
러를 감행하는 천지회를 가만두고 볼 리가 만무.

어쩌다 자리를 잡게 되면 여지없이 청나라 군졸들이
쳐들어와 도륙을 냈다.

그렇게 발본색원하여 궤멸시키려 하니, 천지회의 회
원들로서는 잠시도 편히 쉬질 못했다.

사정이 이렇다 보니 천지회는 더욱 은밀하게 행동하
게 되었다.

사람들이 찾을 수 없는 깊은 계곡이나 험지로 숨어들거나, 신분을 숨긴 채 대륙을 떠돌아다녀야만 했다.

그런 상황에서 오랜 시간 수련을 해야 하는 무술은 의미가 없었다.

대신 짧은 수련만으로도 바로 써먹을 수 있는 외가권 위주로 무술이 발달하게 되었다.

자연의 철학을 담아내던 전통 무술이 살아남기 위해 단순해지고 실전적으로 변한 것이다.

하지만 중국 무술의 비극은 그게 끝이 아니었다.

오히려 시작에 불과했다.

오랜 시간이 흘러 중국 대륙을 공산당이 차지한 이후, 공산당은 통치의 정당성을 위해 과거의 유산을 모두 없애 버렸다.

소위 문화대혁명이라 불리는 그 사건으로 인해 전통적인 철학이나 이념 등은 모두 명맥이 끊기고 말았다.

그러니 쿵푸라고 해서 제대로 된 유전이 이어질 리 만무했다.

오히려 청조 때보다 더 혹독한 탄압이 가해지며, 반란의 싹을 자르듯 무술을 무용한 것으로 만들어 버렸다.

그로 인해 현대의 쿵푸는 종합 격투기에도 한참 미치지 못하고, 온갖 조롱과 무시를 당하게 되었다.

하지만 지금 왕이룽이 수련 중인 홍가권은 그런 게 아니었다.

동작 하나하나마다 힘이 실려 있고 절도가 느껴질 정도.

결코 현대의 종합 격투기에 뒤처지지 않았다.

아니, 태생이 살인 무술이다 보니 오히려 더 위험하다고 볼 수 있었다.

척!

모든 투로의 수련을 마친 왕이룽은 차가운 눈빛으로 마저 보고를 들었다.

"그러니까 네 말은… 겨우 사업가 하나를 잡으라고 우리 선단을 동원해야 한다는 것이냐?"

사납게 노려보며 화를 내는 왕이룽의 반응에 주레이웨이는 어쩔 줄 몰라 하며 말을 이었다.

"그것이… 공안청이 아닌, 중앙에서 내려온 명령입니다."

"뭐야? 그게 정말이야?"

도저히 믿을 수 없다는 소리를 들었다는 듯 왕이룽은 깜짝 놀라며 재차 물었다.

기껏 민간인 한 사람을 납치하는 일에 중앙 군사 위원회에서 명령이 내려오다니, 그로서는 정말이지 황당하게 느껴지는 명령인 탓이었다.

"네, 그렇습니다. 저도 혹시 몰라 통신 암호까지 확인하며 살펴보았습니다."

보통 무선통신을 할 때면, 보안을 위해 코드를 사용한다.

그걸 통해 상대가 누구인지를 확인할 수 있는 것이다.

그런데 지금, 부관인 주레이웨이는 그 점을 언급하며 의혹을 부인했다.

"흠, 그렇다면 중앙 군사 위원회의 지시가 맞겠지."

조용히 읊조리듯 말한 왕이룽은 저도 모르게 한쪽 입꼬리를 치켜올렸다.

이는 그가 뭔가를 떠올렸을 때 보이는 버릇이었다.

"드디어 이 왕이룽에게도 볕이 드는 것인가."

한때 공산당 내에서의 신분 상승을 꿈꾸던 왕이룽이다.

하지만 결정적인 순간에 뒤를 밀어주는 이가 없어 결국 군복을 벗어야만 했다.

만약 뒤에서 후원해 주는 권력자만 있었더라면 충분히 공청단 권력 순위 안에 이름을 올릴 수 있었을 것이다.

그렇지만 가난한 농군의 아들인 왕이룽에게 공청단의 입당은 헛된 꿈에 불과했다.

그래서 어쩔 수 없이 군복을 벗고, 해적이나 다름없는 해상 민병대가 되었다.

10년만 버티면 해군 내에 그럴싸한 자리를 마련해 주겠다는 상관의 약속이 있었기에 기꺼이 오욕을 감수한 것이다.

그런데 오늘 너무도 특이한 명령이 중앙 군사 위원회로부터 내려왔다.

사실 해상 민병대의 존재는 자칫 중국의 치부가 될 수도 있다.

그렇기에 지금껏 중국 정부는 해상 민병대와의 연관성을 철저히 부인해 왔다.

만약 해상 민병대가 미국이나 다른 나라에 잡히게 되면, 중국의 국민이 아니라 그저 해적으로 대우받을 수밖에 없었다.

아니, 오히려 중국 공산당이 낭패를 면하기 위해 나서서 제거를 하려 들 수도 있다.

상황이 그럴진대, 통신을 통해 직접적으로 내려오다니.

다시 말해 이번 일이 얼마나 중요한지를 보여 주는 대목이었다.

"그자가 지금 어디에 있다고 했지?"

"네. 현재 팔라우에서 촬영을 하고 있다고 합니다."

"촬영?"

"그렇습니다. 야생의 법칙이란 예능 프로그램입니다."

"나에겐 기업인이라고 하지 않았나?"

"기업인 맞습니다. 자세히는 모르겠지만, 해당 프로그램에 특별 출연을 한 거라 들었습니다."

"뭐, 그건 됐고… 그렇다면 주변에 한국 여자 연예인들도 있겠지?"

"분명 그럴 것입니다."

주레이웨이의 대답에 왕이룽의 입가에는 더욱 짙은 미소가 감돌았다.

"그거 잘됐군. 일거양득이겠어."

자신을 영광의 계단으로 오르게 해 줄 티켓뿐만 아니라 개인적인 욕망까지 충족시킬 수 있겠다는 생각이 들자, 왕이룽은 더는 기다릴 수가 없었다.

"모두 깨워라. 우리는 팔라우로 간다."

"지금 말입니까?"

"내 말, 못 들었나?"

"아닙니다. 바로 시행하겠습니다."

선단에서 왕이룽의 명령은 절대적이었다.

　　　　*　　　　*　　　　*

"보물찾기요?"

날이 밝고 야생의 법칙 2일 차 촬영이 시작되었다.

그런데 김성찬 PD가 난데없이 한 가지 미션을 가지고 왔다.

그것은 바로 보물찾기.

어느덧 48시즌이나 되다 보니 이미 몇 번이나 써먹은 아이템이다.

그럼에도 불구하고 김성찬 PD가 이렇게 야심 차게 밀어붙이는 것은 아주 특별한 장면을 담아내기 위해서다.

아니 그보다는 현재 천혜의 낙원과도 같은 이곳 팔라우의 환경오염이 얼마나 심각한지 시청자들에게 직접 보여 주기 위해서의 목적이 더 크다고 볼 수 있었다.

겉으로 보기에는 누구나 꿈에 그리는 남국의 파라다이스와 같지만, 실상 팔라우의 바다는 심각하게 오염된 상태였다.

이 모든 것의 원인은 바로 인간이 쓰다 버린 플라스틱.

전 세계에서 버려지는 플라스틱 쓰레기가 바다로 흘러들어 이곳 팔라우까지 이르게 된 것이다.

그로 인해 팔라우의 바다 생물들은 바닷물에 떠 있는 플라스틱 쓰레기를 먹이라 착각하여 삼켰다가 결국엔 죽음에 이르기도 했다.

"현재 팔라우의 바다는 심각한 위기에 처해 있습니다."

엄숙하게 서두를 꺼낸 김성찬 PD는 심각한 표정을 지으며 이번 보물찾기의 의의를 설명했다.

"각자 나눠 드린 카메라에 보물을 찍어 오시기 바랍니다. 그 보물들은 바로……."

김성찬 PD의 말이 떨어지기 무섭게 한쪽에서 스텝들이 무언가를 가져왔다.

그것은 여러 가지 그림이 그려진 팻말이었다.

"여기에 나와 있는 것과 같은 종류의 사진을 찍으시면 됩니다."

그러자 부족민들이 팻말을 살피며 의견을 주고받았다.

"음, 저건 처음 보는 물고기인데, 난 저걸 찍어야겠다."

"어머, 저게 물고기예요? 너무 예뻐요. 저도 저걸 찾을래요."

"크리스탈, 물속은 위험하니, 삼촌이 도와줄게."

"그래. 혹시 모르니까, 나도 같이 가자."

이군수와 수호가 크리스탈을 싸고돌자 선미가 못 봐주겠다는 듯 샐쭉하게 말을 했다.

"어휴, 남자들은 정말 못 말려. 하여간 어린 여자라면 정신을 못 차린다니까."

"아니, 내가 무슨 틀린 말 했어? 그리고 크리스탈은 조카 같은 애인데, 설마 질투하는 건 아니지?"

전혀 모르겠다는 듯 능청을 떠는 이군수의 모습에 주변에서는 때아닌 폭소가 터져 나왔다.

그러는 사이, 수호에게 슬레인의 텔레파시가 들려왔다.

[주인님, 파더로부터 연락이 왔습니다.]

'슬레인, 촬영 중에는 말 걸지 말라고 했잖아.'

[죄송합니다. 하지만 제가 판단하기엔 꼭 말씀을 드려야 했습니다.]

'대체 무슨 일인데?'

[중국 쪽에서 문제를 일으킬 것 같습니다.]

'중국이? 무슨 문제를? 혹시 링링 때문인가?'

[그건 아닌 것 같습니다.]

'그럼?'

[중국의 중앙 군사 위원회에서 주인님에 대한 납치를 지시했습니다.]

'뭐? 그놈들, 미친 거 아냐? 날 왜 납치한다는 건데?'

[아마도 대만에 무기를 판매하는 일과 관련된 것 같습니다.]

'아니, 아무리 그래도 그렇지. 나 같은 일반인을 납치하기 위해 중앙 군사 위원회에서 움직였다고?'

[저는 충분히 납득하고 있습니다. 주인님 같은 인물을 어쩌려면 그 정도는 되어야 한다고 생각합니다.]

'뭐, 그건 그렇다 치고, 놈들이 설마 설표특전대나 전랑을 동원한 것은 아니겠지?'

설표특전대와 전랑은 대외적으로 잘 알려진 중국의 특수부대다.

그중 설표특전대는 한국으로 치면 경찰특공대에 해당되고 전랑은 특전사와 비슷한 성격의 부대라 할 수 있었다.

두 집단 모두 혹독한 훈련을 통해 양성되는 만큼 중국에서는 최정예부대로 인식되었다.

[그건 아닙니다. 제가 확인한 바로는 해상 민병대를 동원한 것으로 파악되었습니다.]

'해상 민병대라고? 음, 해적같이 지저분한 짓을 벌이는 놈들이잖아. 그럼 다른 사람들의 안전이 걱정되는데, 현재 그들의 위치가 어디쯤이지?'

수호의 우려는 당연한 것이었다.

정규 특수부대와 달리 중국의 해상 민병대는 주로 지저분한 일을 처리하는 경우가 많았다.

게다가 그 존재가 알려지면 중국 정부의 입지가 흔들리기에 표면적으로는 중국 역시 그들을 불법이라 규정했다.

그러니 그들은 목격자를 남기지 않기 위해 거칠게 손을 쓸 테고, 이는 곧 야생의 법칙 팀 모두가 위험하다는 의미이기도 했다.

6. 쓰레기 청소

대한민국 대통령은 할 일이 너무나도 많다.

경제를 살펴야 하는 건 물론이고, 외교에도 신경을 써야 하며, 또 국방에 대한 것도 끊임없이 살펴야 한다.

그러다 보니 이른 새벽부터 늦은 저녁까지, 잠을 자는 시간을 제외하고는 모든 시간을 업무에만 쏟아도 시간이 부족했다.

더욱이 요즘은 제2의 교역 대국인 중국과 심한 마찰이 있었다.

이것을 해결하기 위해 부단히 노력하고 있긴 하지만, 상당히 큰 어려움을 겪는 중이었다.

단순히 정치적인 문제라면 조금이라도 쉽게 풀어 갈 수 있겠으나, 이제는 자존심 문제로 바뀐 탓에 쉬이 이견을 좁히지 못하고 있었다.

이는 전적으로 그동안 대한민국이 외교를 잘못했기 때문이다.

그 잘못이라는 게 무언가 약점 잡혔다거나, 혹은 부당한 일을 했다는 것은 아니다.

그저 지금껏 대중국 외교 전략에서 포지션을 잘못 잡은 것이 현재의 상황을 만든 것이었다.

중국의 외교는 강자에게 약하고, 약자에게 강한 전형적인 양아치 외교다.

이것을 좋게 포장해서 전랑 외교라 부르지만, 그 속내를 보면 정말이지 구역질이 날 정도였다.

자신의 이득을 위해선 상대의 사정을 봐주지 않고 막무가내로 수탈해 갔다.

동네에서 국가 단위로 규모가 커졌다 뿐이지 변한 것은 없었다.

그런데도 중국 정부는 그것이 마치 당연한 것 마냥 뻔뻔하게 상대가 고개를 숙일 때까지 밀어붙였다.

그들이 이렇게 안하무인의 태도를 취할 수 있는 이유가 있었다.

중국은 공산당 일당 독재국가인데다가 질 낮은 저품

질, 저가 정책을 사용해 세계 서민들의 소비자 물가에 깊이 자리를 잡았기 때문이다.

아마 모르긴 몰라도 전 세계에 중국 제품이 안 들어가는 나라는 아프리카의 오지 마을밖에 없을 것이다.

아니, 그 마저도 구호 물품으로 중국제 제품을 받았을지도 모른다.

어쨌든 문명의 혜택을 제대로 누리지 못하는 이들을 제외하고는 'MADE IN CHINA'라는 상품이 저질인 것은 다들 알고 있는 사실이었다.

그러나 각국 서민들의 주머니 사정이 모두 풍족하지는 못하다 보니 좀 더 싼 가격의 물건을 찾게 될 수밖에 없었다.

그런데 이런 중국산 물건이 몇몇 국가에만이 아닌, 전 세계로 유통되다 보니 중국은 막대한 외화를 벌어들이게 되었다.

그리고 이것은 이내 무기가 되어 중국에 적대적인 국가에게 휘둘러졌다.

그 좋은 예가 바로 호주다.

호주도 무역으로 먹고사는 나라인데, 호주의 교역량 중 중국이 차지하는 비중이 무려 70%나 달한다.

이는 호주의 경제가 목줄이 채워진 것이나 마찬가지였다.

만약 중국이 호주에서 수입하던 것들을 단번에 끊어 버린다면 상상하기조차 힘든 경제 위기가 호주를 강타할 것이었다.

실제로 2020년 중국이 호주산 철강석과 석탄을 수입 중단하면서 심각한 타격을 입었다.

물론 중국 또한 그로 인해 생각지도 못한 피해를 입긴 했으나, 그것은 중국 정부에 의해 드러나지 않았다.

어찌 되었든 간에 이렇게 막무가내 전랑 외교를 하는 중국으로 인하여 많은 나라가 피해를 입고 있는 중이었고, 인접 국가인 대한민국도 이러한 위협에서 벗어날 수 없었다.

생각이 여기까지 미친 정동영 대통령은 앞으로 대중국 외교를 어떻게 펼쳐야 할지 또다시 깊은 고민에 빠지려는 찰나.

"무슨 일이 있기에 제가 오는 줄도 모르고 그리 고민하시는 겁니까?"

나라의 앞날에 대한 고민을 하느라 누가 온지도 모르고 있던 정동영 대통령은 순간 깜짝 놀라 고개를 들었다.

"이런 제가 귀빈을 초대하고 실례를 했군요."

정동영 대통령은 어느새 자신의 곁에 와 있는 김종찬 고문을 보며 사과했다.

"아닙니다. 대통령의 자리는 매사 선택을 하는 자리이니 고민이 많으시겠지요."

대통령의 결정 하나에 나라의 운명이 좌지우지된다는 것을 잘 알고 있는 김종찬 고문이기에 정동영 대통령의 사과를 이해하고 넘겼다.

"그런데 무슨 일로 절 보자고 하신 겁니까?"

대통령과 퇴역 군인이 개인적으로 만날 일은 그리 많지 않았지만, 한 달이 채 되지 않아 또다시 호출을 받았다.

김종찬 고문은 정동영 대통령의 입에서 어떤 이야기가 나올지 갈피를 잡을 수 없어 불안한 마음이 들었다.

"국정원장으로부터 보고를 받았습니다."

"네? 무슨 문제라도 있는 것입니까?"

국정원장의 보고라는 말에 김종찬 고문은 더욱 긴장했다.

애초 별것 아닌 일로 불렀으리라고는 생각하지 않았다. 하지만 국정원이라니…….

뭔가 심각한 이야기가 나올 것 같은 예감이 들었다.

"중국이 우리를 압박하기 위해 SH항공의 정수호 사장을 납치하려 했다더군요."

"아니 뭐요? 그게 정말입니까?"

대통령의 이야기를 들은 김종찬 고문은 기가 막혔다.

한 국가가 타국의 경제인을 납치하려는 계획을 세우고 있다니… 너무나도 황당했다.

만약 이 사실이 국제사회에 알려지기라도 한다면 심각한 외교 문제가 될 것이 분명했다.

아무리 중국 정부가 막무가내라 하지만 이런 말도 안 되는 일을 계획한 건 이해가 되지 않았다.

하지만 잠시 생각을 해 보니 중국 정부라면 그럴 수도 있다는 판단을 했다.

북한만큼이나 어디로 틸지 모르는 나라가 바로 중국이 말이다.

"나도 믿고 싶지 않지만, 국정원장이 몇 차례나 검증하여 확신을 한 내용입니다."

"그렇다면 심각한 문제 아닙니까?"

"그런데 문제는 정부에서 직접적으로 정수호 사장을 지킬 수 없다는 것입니다."

정동영 대통령이 고민하는 부분이 바로 이것이었다.

분명 국민의 한 사람이기에 외부의 위협으로부터 보호를 하는 것이 맞는 일이다.

하지만 한 사람의 안전을 위해 정부가 나서서 경호를 한다는 것은 어떻게 보면 특혜로 비칠 수 있는 일이었다.

그 탓에 정부로서는 정보를 가지고 있음에도 함부로

움직일 수가 없었다.

수호의 안녕이 국가에 미치는 영향력이 크다고는 하지만, 모든 외교와 정치적인 위험을 무릅쓸 수는 없는 노릇이었으니까 말이다.

"그럼 제가 어떻게 했으면 좋겠습니까?"

답답한 듯 인상을 찌푸리던 김종찬 고문은 대통령이 자신을 부른 이유가 있을 것이라 생각해 곧장 물었다.

"김종찬 고문님이 계시는 단체에서 후원하고 있는 PMC가 있다고 들었습니다."

한 나라의 대통령은 생각보다 많은 정보를 접할 수 있다.

그러다 보니 장군회에 대한 정보도 어느 정도 들어 알고 있었다.

"정수호 사장과도 인연이 있는 것으로 알고 있으니 말을 하기 편하겠군요."

정동영 대통령은 단도직입적으로 정부가 원하는 것을 말했다.

"그곳에서 정수호 사장을 좀 보호해 주었으면 합니다."

"알겠습니다. 그런데……."

SH항공의 정수호 사장이라면 자신도 무척이나 중요하게 생각하는 사람이다.

그러니 대통령이 그를 보호해 달라는 부탁을 하자 고민할 것도 없이 승낙했다.

하지만 장군회의 자금으로 세워진 아레스라 해도 그곳을 움직이기 위해선 정당한 의뢰를 해야 한다.

직접적으로 움직이는 직원들은 목숨을 걸고 나라가 할 일을 하는 것이기 때문에 당연했다.

이 뜻을 단번에 알아차린 정동영 대통령은 먼저 입을 열었다.

"의뢰비는 긴급 예산을 편성해 지급하겠습니다."

*   *   *

푸른빛의 팔라우 앞 바다는 배를 타고 나가니 금방 짙은 쪽빛으로 바뀌었다.

그만큼 수심이 깊어졌다는 이야기다.

"모두 안전에 유의하고 혹시나 위험하다 싶으면 바로 나와야 합니다."

김성찬 PD는 출연자들을 보며 단단히 주의를 주었다.

아무리 취지가 좋다고 하지만, 출연자에게 사고가 발생하면 그건 방송에 내보낼 수가 없었다.

아니, 방송을 떠나 평생 안고 갈 멍에가 될 것이다.

잠수복으로 갈아입은 채 조잘대며 대기하던 출연자들

은 김성찬 PD의 경고에 긴장했다.

스킨 스쿠버 장비를 착용하고 있는 출연자들은 수호를 비롯해 종현과 선미 세 명이었다.

다른 세 명은 스킨 스쿠버 자격증이 없어 그냥 배에서 기다리기로 하였기에 간편한 복장을 하고 있었다.

그럼에도 PD의 경고를 듣고 긴장하며 불안한 눈빛으로 바다에 들어갈 출연자들을 걱정했다.

"어머, 우리가 뭐 죽으러 들어가니? 너무 그런 눈으로 보지 마!"

불안한 눈빛으로 자신들을 보고 있는 크리스탈의 창백한 얼굴에 선미는 빙그레 미소를 지어 보이며 말했다.

야생의 법칙에 출연한 계기로 스노클링을 배웠다.

그러다 촬영을 마친 뒤에도 재미가 붙어 꾸준히 스노클링을 하였고, 더 나아가 스쿠버다이빙까지 배우게 되었다.

한편 종현의 경우에는 이미 오래전부터 해양 레저 스포츠를 즐겨해 왔는데, 본격적으로 스쿠버다이빙을 하게 된 것은 군대에 가서부터였다.

이전에는 그저 즐기기 위한 것이었다면, 해병대 특수수색대를 지원해 복무하고서부터는 전혀 달라졌다.

스포츠가 아닌, 전투에 필요한 스킬들을 배우면서 일

반인들이 배우는 것 이상의 깊이를 배웠다.

하지만 이러한 두 사람도 실제로 특수부대에서 부사관으로 몇 년간 실전을 치른 수호와는 비교가 되지 않았다.

비록 수호가 육상 작전에 투입되기는 했지만, 공수 훈련이나 해상 침투 훈련도 받아 왔기에 여기 있는 사람들 중 가장 실력이 뛰어날 것은 당연했다.

김성찬 PD도 이러한 걸 알고 있어 족장 김정만 대신 수호를 섭외한 것이었다.

"조심히 다녀와."

크리스탈은 바다에 들어가기 위해 장비를 착용하고 있는 선미와 정현, 그리고 수호에게 다시 한번 걱정스럽게 말을 건넸다.

자신도 이들과 함께 바다에 뛰어들 수 있다면 이런 마음이 안 들었을 텐데, 자격증이 없기에 어쩔 수가 없었다.

"크리스탈 말처럼 조심히 다녀와라!"

이군수도 장비를 착용하는 이들에게 조심하라는 말을 하자, 수호는 씩 웃으며 고개를 끄덕였다.

"그럼 다녀오겠습니다."

수호를 비롯한 세 사람은 자신들을 걱정하는 출연진들의 배웅을 받으며 바다로 뛰어들었다.

첨벙!

스르륵!

수호는 바다에 뛰어들자마자 빠르게 밑으로 내려가 혹시 밑에 위험한 것이 없는지 살펴봤다.

촬영 스태프들이 미리 확인을 했을 테지만, 수호는 자신의 눈으로 직접 확인해야 마음이 놓였다.

이는 군에 있을 때부터 몸에 배인 습관이었다.

아무리 정보부대에서 조사를 잘한다고 해도 그것은 과거의 정보일 뿐이었다.

현장은 언제 어떻게 상황이 바뀔지 아무도 모른다.

아주 조그만 변화 하나가 팀원들의 생명을 앗아 갈 수도 있기에 정보는 많으면 많을수록 좋았다.

번쩍!

팔라우 바다에 뛰어든 사람들은 오늘의 미션을 찾아 사진을 찍기 시작했다.

하지만 겉으로 보이는 천국 같은 팔라우의 모습과는 다른 모습이 바닷속에 펼쳐져 있었다.

맑고 푸른 바닷물 색깔과는 다르게 여기저기 쓰다 버린 비닐 조각과 플라스틱 병뚜껑, 물때와 이끼가 낀 투명 페트병이 한눈에 들어왔다.

그리고 그것을 먹이로 착각한 물고기와 해양 동물들의 모습도 보였다.

겉으로는 마냥 좋을 것만 같이 아름답지만, 바다는 심각하게 오염되어 있었다.

이 모습을 본 세 사람은 씁쓸한 감정을 눌러둔 채 계속해서 주변을 탐색했다.

'어?'

한참 더러워진 바닷속을 찍고 있던 수호가 무언가 발견했다.

그것은 바다거북의 목에 비닐봉지가 걸려 있는 모습이었는데, 이상하게 거북이의 움직임이 정상이 아닌 듯 보였다.

'왜 저러지?'

거북이는 촬영의 안전을 위해 방송사에서 섭외한 안전 요원들의 경계 밖에 있어 아직까지 그 모습을 본 이가 아무도 없었다.

스르륵!

수호는 자신의 눈에 뜨인 거북이를 향해 헤엄을 쳤다.

찌직!

— 정수호 씨, 안전 요원이 있는 범위 밖으로 이동하지 마세요.

수호가 안전 요원들이 있는 범위 밖으로 나가려하자 바로 무전이 날아왔다.

안전을 위해 수중에서도 사용 가능한 것으로 심해에서 작업하는 잠수부용 무전기였다.

이 무전기는 수신은 가능해도 송신은 불가능했다.

그 탓에 상황을 설명할 수 없는 수호는 김성찬 PD의 말을 듣지 않고 앞으로 나아갔다.

얼마 지나지 않아 거북이 근처에 도착한 수호가 녀석의 목을 조르고 있는 비닐봉지를 제거해 주었다.

하지만 그러고도 거북이의 상태가 이상해 자세히 보니, 몸에 상당한 두께의 그물이 엉켜 있었다.

혹시나 모를 위협에 대비해 발목에 착용하고 있던 나이프를 꺼내 단단히 꼬여 있는 그물을 잘라 냈다.

하지만 얼마나 두껍게 뒤엉켜 있는지, 폐그물은 쉽게 잘리지 않았다.

스윽! 스윽!

한 번에 되지 않으면 두 번.

두 번도 실패하면 세 번.

이렇게 반복해서 거북이의 몸을 옥죄고 있는 폐그물을 잘랐다.

거북이도 수호가 자신을 도와주는 것임을 알고 있는지, 벗어나기 위해 발버둥을 치지 않고 그의 손에 몸을 맡겼고, 덕분에 손쉽게 칼질을 할 수 있었다.

탁!

몇 번의 시도 끝에 결국 거북이 몸을 묶고 있던 폐그 물이 모두 제거가 되었다.

자신의 몸을 감고 있던 죽음의 덫이 제거가 된 것을 깨달은 것인지 바다 거북이는 신나게 바닷속을 헤엄쳤 다.

그러고는 다시 돌아와 수호의 주변을 유영했다.

마치 고맙다고 인사라도 하듯 그렇게 수호의 주변을 맴도는 바다 거북이의 모습에 수호는 저도 모르게 손목 에 걸려 있는 카메라를 들어 그 모습을 촬영했다.

번쩍!

순간적으로 작은 불빛이 터져 나왔지만, 그럼에도 거 북이는 놀라지 않고 주변을 맴돌았다.

$$* \qquad * \qquad *$$

팔라우 섬 북서 방향 100㎞ 지점에는 마흔 척의 선단 이 자리를 잡고 있었다.

이들은 겉으로는 저그 원양어업을 하는 선박으로 보 였다.

하지만 사실은 중국 정부의 지령을 받고 중국의 이익 을 위해 불법을 저지르는 해상 민병 선단이다.

미국을 비롯한 서방국가들은 이들을 불법 테러 조직

으로 규정하고 있었다.

그 이유는 이들이 국제 규약을 무시하고, 어선들을 마치 군사 조직처럼 운용하거나 바다에 쓰레기를 가져다 몰래 버리기 때문이었다.

뿐만 아니라 중국이 불법 점거를 하고 있는 파라셀 군도에 몰래 건설 장비를 가져다 암초에 시멘트를 부어 인공 섬을 만드는 작업을 했다.

여기서 더욱 중요한 사실은 이들이 무기를 싣고 다니면서 항의를 하는 나라들의 어부들을 위협한다는 것이다.

기관총이나 RPG와 같은 무기를 싣고 다니며 항의하는 외국의 어선에 위협을 가한다는 것은 자신들이 중국 국적의 어선이 아닌 군사 조직이라는 것을 스스로 까발리는 짓이었다.

하지만 중국 정부는 이런 해상 민병의 존재를 인정하지 않았다.

이러한 사실이 밝혀진다면 아무리 전 세계에 서민 물가에 영향을 미치는 값싼 저가 물품을 납품한다고 해도 커다란 저항에 부딪힐 것이 분명했기 때문이다.

그렇기에 중국 정부는 이것이 밝혀지지 않게 군사작전에 준하는 보안을 유지했다.

"두 시간 뒤 작전에 돌입한다. 그전까지 준비를 하고

대기하도록."

왕이룽은 부관인 주레이웨이에게 작전 지시를 내렸
다.

"알겠습니다."

주레이웨이는 복명복창을 하고는 바로 이러한 사실을
각 선박에 알렸다.

명령이 하달되자 왕이룽의 휘하 선단에서는 웃으며
두 시간 뒤 있을 일을 떠들어 댔다.

이번에 하달된 명령은 한국이란 나라의 기업인을 납
치하는 일이었다.

그런데 특이하게도 목표가 현재 팔라우 인근 섬에서
예능 촬영을 하고 있다는 것이다.

자신들도 아주 잘 알고 있는 야생의 법칙이란 프로그
램이었다.

야생의 법칙은 중국에서도 불법으로 다운로드되어 방
영이 되었는데, 무척 인기가 많았다.

그 때문에 중국의 몇몇 방송국에서 이를 불법으로 카
피하여 똑같은 콘셉트으로 촬영하기도 했다.

그렇게 만들어 낸 작품은 중국판 야생의 법칙이라는
이름으로 많은 인기를 얻기도 했다.

어쨌든 이들이 이렇게 좋아하는 것은 자신들이 좋아
하는 프로그램의 촬영지를 직접 본다는 이유 때문만은

아니었다.

이들이 이렇게 기뻐하는 것은 바로 사람을 죽일 수 있다는 것에 대한 흥분이었다.

또 방송 촬영이라면 분명 여자들도 있을 것이 분명했다.

일반 스태프는 물론이고, 아름다운 연예인까지.

살육과 함께 부수적으로 있을 일들이 이들을 더욱 흥분하게 만들었다.

"오랜만에 피 맛 좀 보겠네."

"그러게. 그것보다 이번에 출연하는 사람들은 유난히 예쁘던데."

"나도 봤어. 이름이 크 뭐였는데……."

"크리스탈 아니야?"

"아, 맞다. 크리스탈 걔가 정말 예쁘더라고."

"말고도 선미, 걔도 예쁘더라. 크크, 빨리 얼굴 좀 봤으면 좋겠는데."

인간에 대한 존엄은 개나 줘 버린 듯한 대화였다.

아무 이유 없이 사람을 죽이는 것도 천인공노할 일이다.

한데 이들은 자신들과 일면식도 없는 사람들을 죽이고, 여성들에게 할 짓을 생각하며 기뻐하고 있었다.

참으로 인간 같지 않은 괴물들의 모습이었다.

하지만 이들은 알지 못했다.

자신들이 야생의 법칙을 촬영 중인 출연자들과 스태프들을 노리고 있을 때, 또 다른 곳에서 이들을 노리고 있다는 사실을 말이다.

*　　　　*　　　　*

중국 국적의 어선으로 위장한 왕이룽의 해상 민병 선단 아래.

바닷속 500m 지점에는 커다란 잠수함이 자리를 잡고 있다.

전장 100m에 선폭은 10m에 이르는 5,000톤급의 잠수함으로, 미국의 LA급 공격 원잠과 매우 흡사하게 생겼다.

하지만 미국의 잠수함은 아니었다.

"함장님, 목표 지점에 도착했습니다."

원하던 목표 지점에 도착하자 이를 보고하는 오퍼레이터였다.

보고를 받은 손일원 함장은 조용히 뒤를 돌아보았다.

그곳에는 20여 명의 사내들이 서 있었다.

좁은 잠수함의 함교에 이렇게나 많은 사람이 있는 것은 무척이나 이례적인 모습이었다.

그런데 손일원 함장이 쳐다본 사람들은 사실 그의 부하들이 아니었다.

그 말인즉, 이들은 이 잠수함의 승조원이 아니란 소리다.

"이 위에 있는 중국의 선단이 닻줄을 내리고 고정한 것을 보니, 이곳에서 어두워지길 기다렸다가 움직일 것으로 예상됩니다."

자신의 부하도 아닌 데다가 이들의 신분이 민간인이기에 손일원은 함부로 말을 놓지 않고 조심스럽게 이야기했다.

"알겠습니다. 그럼 한 시간 뒤 작전에 들어가겠습니다."

"네. 아무쪼록 작전이 성공하길 빌겠습니다."

"물론이죠. 감히 중국 놈들이 대한민국의 국민을 납치하려고 하다니. 이런 일을 그냥 두고 볼 수는 없는 일이죠."

손원일의 말에 김국진 사장이 눈을 반짝이며 대답했다.

대통령은 퇴역 장성들의 모임인 장군회의 고문인 김종찬 고문을 만나 민간 군사 기업인 아레스에 의뢰를 했다.

중국도 다른 나라의 유명 인사를 납치하는 일이기에

아무도 모르게 은밀하게 움직였지만, 한국 또한 이를 대놓고 드러낼 수가 없었다.

이는 국제적 역량이 아직은 중국보다 못하기 때문이었다.

뿐만 아니라 중국은 핵무기를 다량 보유하고 있을 뿐만 아니라, 그 성능이 날로 발전하고 있다.

이는 미국과 구소련이 맺은 START(전략무기감축협상)에 가입을 하지 않았기에 가능한 일이었다.

사실 미국과 소련이 START를 체결할 당시, 중국은 전략무기가 많지 않았기에 미국과 소련은 중국을 배제하고 협정을 맺었다.

하지만 시간이 흐르면서 소련의 경제 붕괴로 인해 나라들이 독립을 하여 뿔뿔이 흩어졌다.

이에 미국은 더 이상 적이 없을 것으로 예상했다.

하나 예전 소련을 견제하기 위해 원조를 해 주던 중국이 새로운 적으로 부상할지는 전혀 예상하지 못했다.

미국은 과거 공산주의 분열을 이용하기 위해 소련에 대립하는 중국을 키워 주기로 했다.

분명 중국도 공산주의 국가이기에 잠재적 적국이 맞지만, 가장 큰 적인 소련을 견제하기 위해 어쩔 수 없다고 판단하고 원조를 해 준 것이었다.

미국은 당시 공산주의 국가에 원조해 준 대가를 현대

에 와서 치르고 있는 중이다.

아무튼 중국은 현재 대만을 대신해 UN의 상임이사국이 되면서 국제적으로 큰 영향력을 행사하고 있었다.

그러니 겨우 회원국에 지나지 않는 대한민국으로서는 중국을 상대로 하는 일에 신경을 쓰지 않을 수가 없었다.

아직 해군에 배치가 되지 않은 최신 잠수함 동해급을 급히 동원하여 중국이 노리고 있는 수호를 경호할 인력을 보내기로 했다.

원래 계획은 PMC인 아레스의 직원들을 파견할 계획이었지만, 중간에 슬레인이 이를 바꿨다.

굳이 아레스의 힘을 이용하지 않더라도 SH 그룹 내에 있는 보안팀을 보내도 충분했기 때문이다.

아니, 수호와 SBC 야생의 법칙 촬영팀까지 모두 보호하려면 차라리 어디에도 속하지 않는 SH의 보안팀이 나서는 것이 가장 좋은 그림이었다.

만약 나중에라도 이 일이 알려지게 된다면, 한국 정부가 할 말이 있기 때문이었다.

SH의 보안팀은 그저 자신들의 오너를 지키기 위해 나선 것이 되니, 날로 성장하고 있는 대한민국을 견제하려는 다른 나라들도 딴소리를 하지 못할 것이 분명했다.

더욱이 최신 장비를 보급받았는데, 이를 실전에서 테스트할 수 있는 아주 좋은 기회를 얻은 것이기도 했다.

하여 슬레인과 수호는 이번 기회에 제대로 된 성능 테스트까지 겸한 작전을 펼치기로 했다.

"그럼 저흰 잠수정에서 대기하겠습니다."

비밀 작전을 위해 특수작전용으로 제작된 잠수정이 딸려 있는데, 김국진 사장은 작전 시각이 되기 전까지 그곳에 있기로 했다.

"그럼 작전 완료 후 무전을 주시면 다음 작전으로 넘어가겠습니다."

"예, 알겠습니다. 그럼 조금 뒤에 뵙겠습니다."

두 사람은 그렇게 자신이 맡은 일을 하기 위해 간단한 인사를 하고 헤어졌다.

*   *   *

날로 커지는 회사로 인해 SH는 이제 그룹이 되었다.

SH라는 사명을 가지고 있는 곳은 열 개가 넘어가 이제는 그룹이라 칭해도 될 정도의 규모를 가지게 되었다.

그중 SH시큐리티의 사장인 김국진이 앞에 앉아 있는 사람들을 바라보며 입을 열었다.

"곧 작전에 들어간다."

김국진 사장은 자리에 앉아 자신을 주시하는 직원들을 쳐다보았다.

이들 중 자신처럼 수호에게 제압되어 수호의 밑으로 들어온 직원도 있고, 또 몇 명은 회사가 확장돼 그에 따라 보안팀 규모를 키우면서 받아들인 이들도 있었다.

20여 명의 남녀가 섞인 SH의 보안팀 직원들은 두 눈을 반짝이며 SH시큐리티의 사장인 김국진을 주시했다.

보안팀의 규모가 커지다 보니 단순하게 회사별로 보안팀을 꾸리기보단, 하나의 경비 회사로 묶어 이들을 다른 계열사에 파견하는 형식으로 구성했다.

그리고 이 자리에 있는 이들은 그런 SH시큐리티 내에서도 가장 우수한 인원만 엄선하여 꾸린 팀이었다.

"중국 놈들이 감히 회장님을 납치를 하려고 한다. 그리고……."

김국진 사장은 자신들이 조금 뒤 찾아갈 중국의 해상 민병에 대한 알려지지 않은 정보를 직원들에게 들려주었다.

"놈들에게 자비를 베풀지 마라. 놈들은 쓰레기다. 그것도 재활용조차 할 수 없는 쓰레기. 놈들은 지금껏 수많은 이들을 죽였으며, 그걸 재미로 여기는 놈들이다. 뿐만 아니라……."

이어 말한 내용에는 차마 인간이 저지를 수 있나 싶을 정도로 잔학무도한 일들이 많았다.

섬에 살고 있는 주민들을 잔혹하게 살해하고, 시체를 바다에 버린 뒤 불법점거 하는 일은 약과에 불과했다.

섬에 살고 있던 여성들을 윤간한 것은 물론이고, 나이 불문하고 강간을 한 뒤 그녀들 또한 살해하여 바다에 던져 버렸다.

이런 정보를 들은 보안 요원들은 두 눈을 차갑게 빛냈다.

이 자리에 있는 이들은 모두가 군에서 특수 훈련을 받은 사람들이다.

잊고 지내던 살인 스위치가 켜진 것이다.

사이코패스나 소시오패스와는 다르게 이들은 군에서 엄선된 훈련을 통해 자신을 통제할 수 있는 전문가들이다.

군을 전역해 일상생활을 할 때는 그러한 살인 기술이 저 깊숙이 잠들어 있었다.

말 그대로 그저 잠들어 있을 뿐이다.

그러던 것이 SH써큐리티에 들어와 훈련을 통해 다시 한번 갈고 닦았다.

그리고 이 자리에서 김국진 사장은 이들의 살인 본능을 깨웠다.

자신들의 보스를 납치하려던 이들은 인간으로 보기에 너무도 끔찍한 짓을 많이 벌였다.

분명 이번 납치 과정에서도 현장에 있던 이들을 그냥 두고 보진 않을 터였다.

그러니 짐승만도 못한 것들이 움직이기 전 자신들의 손으로 처리할 생각이었다.

"오늘만큼은 모든 것을 허용하겠다. 다만, 저들의 뒤에 중국 정부가 있다는 것을 잊지 말기 바란다."

김국진 사장은 자신들의 목표 뒤에 누가 있는지 이들에게 상기시켰다.

그럼으로써 분노에 의한 괴물이 되지 않게 하려는 배려였다.

"우리가 저들을 처리하고 난 뒤 뒤처리는 미국이 할 것이다. 그러니……."

뒷말은 이어지지 않았지만, 그가 무슨 말을 하려는 것인지 이들은 모두 단번에 알아들었다.

조용히 자신의 말을 들으며 눈을 반짝이는 직원들을 한차례 훑었다.

바로 그때, 무전기가 울렸다.

뚜우!

— 쓰레기 청소 준비!

동해함에서 작전의 준비를 알려왔다.

"준비!"

작전에 들어갈 시간이다.

— 실시!

모함에서 작전 지시가 내려왔다.

"출발."

"출발!"

복명복창이 이루어지면서 동해함에 붙어 있던 잠수정이 조용히 모함에서 분리되어 떠오르기 시작했다.

이윽고 분리된 잠수정은 천천히 스크루를 돌리며 움직이기 시작했다.

슈류류류—

하지만 그 움직임은 그리 빠르지 않았다.

은밀하게 침투를 해야 하기에 천천히 움직이는 것이다.

아무리 상대가 해상 민병이라 해도 어떤 변수가 있을지 모르기에 조심하는 게 상책이었다.

$*$ $*$ $*$

"모두 정말 수고 많으셨습니다. 이번 48시즌 야생의 법칙 in 팔라우의 공식 촬영을 마치겠습니다."

김성찬 PD는 오전 오후 나눠 실시한 팔라우의 바다와

섬들의 실태를 카메라에 담는 영상을 촬영했다.

그동안 야생의 법칙 시즌들은 모두 아름다운 자연환경을 배경으로 했다.

연기자들은 그곳에 고립되어 최소한의 도구를 가지고 어떻게 생존하는지에 대한 영상이 주를 이뤘다.

하지만 족장 김정만이 사고로 빠진 이번 특집 편에선 그런 평범한 영상이 아닌, 뭔가 특별한 것을 시청자들에게 보여 주고 싶었다.

하여 어떻게 하면 특별한 영상을 시청자들에게 보여 줄지 꽤나 많은 회의를 진행했다.

그렇게 여러 방면으로 궁리를 하다가, 이번 48시즌에서는 지구 환경에 대한 경고를 시청자들에게 알리기로 한 것이다.

그리고 그 기획은 성공적으로 마치게 되었다.

마치 백조의 물질처럼 겉으로는 평화롭고 아름다워 보였지만, 사람들의 눈길이 비치는 끝자락에는 인류가 쓰고 버린 현대 문명의 잔재들로 인해 병들어 가는 파라다이스의 모습이 보였다.

해변에는 각종 쓰레기가 밀려와 해변을 더럽히고 있으며, 아직 바닷속에 떠 있는 썩지 않는 플라스틱 조각은 해양 생물들을 죽이고 있었다.

한데 인간이 쓰고 버린 쓰레기로 인해 해양 생물이

병들어 죽어 가고, 먹이사슬의 순환으로 인해 플라스틱 쓰레기를 먹은 물고기를 인간이 잡아먹고는 똑같이 병든다는 것이 아이러니였다.

김성찬 PD는 이러한 것들이 현재 일어나고 있다는 걸 사람들에게 알리고 싶었다.

무심코 쓰고 버린 플라스틱 쓰레기를 최소한으로 줄이자는 취지에서 시즌을 준비했고, 방금 전 성공리에 촬영을 마쳤다.

"뒤에는 고생하신 여러분들을 위해 저희 제작진에서 준비한 것입니다."

김성찬 PD가 수고한 출연자들에게 선물이라며 준비한 것은 맛있는 냄새를 풍기는 음식상이었다.

출연자들은 일제히 환호를 하며 뒤를 돌아보았다.

"와우!"

"어머, 이게 크레이 피시라는 거예요?"

"어? 김치도 있다!"

불과 일주일밖에 지나지 않았지만, 출연자들은 제작진이 준비한 김치를 보고는 환호했다.

아무리 맛있는 음식이라도 한국 사람에게 김치 없이 일주일을 보내라는 것은 무척이나 힘든 일이었다.

처음 며칠은 이국적인 환경과 평소 보지 못한 식재료 때문에 맛있게 먹을 수 있었다.

하지만 그것도 하루 이틀.

그 뒤로는 맛을 음미하면 먹는 것이 아닌, 배가 고파 억지로 먹는 것에 가까웠다.

그럼에도 연예인이기에, 또 방송 촬영이기에 계속해 맛있게 먹는 모습을 보여 주어야 했다.

그게 어렵게 먹을 것을 구해 온 다른 출연자에 대한 예의이기도 했다.

하지만 지금은 김치가 눈앞에 보이니 역시나 한국 사람들답게 환호성을 지르며 테이블로 달려갔다.

[시작되었습니다.]

다른 출연자들과 함께 저녁을 먹고 있을 때 수호의 머릿속에 슬레인의 목소리가 들렸다.

그리고 그제야 수호는 저 어두움 밤바다 너머로 시선을 돌렸다.

지금 그가 있는 곳에서는 보이지 않지만, 수평선 너머에선 무자비한 청소가 시작되고 있을 터였다.

7. 되갚아 주겠다

세상이 발칵 뒤집혔다.

그동안 중국 정부가 그토록 부정해 온 해상 민병의 존재가 만천하에 드러났기 때문이다.

미 해군 제7함대에는 이지스 순양함, 존 스테니 함이 있다.

그곳의 선장인 마크 켈리 대령은 북태평양의 팔라우 인근에 정박해 있는 국적 불명의 선단을 발견하고 검문했다.

이들은 40여 척으로 이루어진 중국 국적의 어선이었지만, 검문 결과 이곳 팔라우 인근에선 잡히지 않는 물고기를 싣고 있었다.

이를 수상히 여긴 마크 켈리 대령은 수병들에게 좀 더 자세히 조사하라는 명령을 내렸다.

"어? 저기 아래 뭐가 튀어나와 있는데?"

"뭐 찾은 거 있습니까?"

"그런 것 같다. 잠깐만 나 좀 잡아 줘."

그렇게 밑으로 내려간 선임은 비린내가 나는 생선 더미를 헤쳐 자신이 발견한 물건 앞으로 다가갔다.

혹시나 모를 위험을 대비해 총 끝으로 주변에 있는 생선을 밀어냈고, 이내 그 물건의 정채를 확인할 수 있었다.

바닷물이 들어가지 않도록 비닐에 싸여 있는 검은 물체들, 바로 무기였다.

그걸 확인한 선임 수병은 곧장 위에서 자신을 바라보는 후임 수병을 향해 외쳤다.

"여기 무기가 있다!"

보고를 받은 마크 켈리 함장은 급히 무전을 쳐 인근에 있는 다른 7함대 소속 군함들을 모두 불러들였고, 뭐라 뭐라 소리치는 중국인들을 무시하고 곧장 어선들을 나포했다.

그리고 진행된 철저한 조사 결과 이들은 단순한 어선들이 아닌 해상 민병임을 밝혀낼 수 있었다.

처음 조사를 할 때만 해도 이들은 자신들을 그냥 어부이며, 무기는 이곳 주변에 해적들이 많아 자구책으로 가지고 있는 것이라 변명했다.

하지만 어떤 어부들이 물고기를 잡으러 가는데 기관총과 RPG 같은 중화기로 무장한다는 말인가.

변명을 하려면 좀 그럴듯하게 해야 속을 텐데 이들은 무조건 목소리가 크면 통할 거라 생각하는 듯했다.

어쨌든 되도 않는 변명을 함으로써 이들은 자신들이 중국 정부의 밀명을 받고 움직이는 해상 민병임을 들키고 말았다.

이미 중국의 해상 민병은 테러 조직으로 규정이 되었기에 이들은 더 이상 빼도 박도 못 하는 상황에 처하게 됐고, 그러다 보니 제 살길을 찾기 위해 한두 명씩 실토하기 시작했다.

국가에 불리한 진실이 드러날 경우 중국 정부가 자국민을 어떻게 대하는지 누구보다 잘 알고 있기에 일어난 일이었다.

*   *   *

존 스테니 함의 보고를 받은 미국 정부는 심각한 고민에 빠졌다.

그도 그럴 것이, 중국 정부가 해상 민병을 이용해 타국의 민간인, 그것도 큰 영향력이 있는 기업인을 납치하려 한 것이다.

그것도 미국의 중요 동맹국 중 하나인 한국의 기업인을 말이다.

또한 그 기업인이 미국의 안보에 일정 부분 영향을 주고 있음을 알게 되며 사건이 커진 것이었다.

다만, 존 스테니 함의 선장인 마크 켈리 대령의 보고에 이상한 점이 하나 있었다.

그것은 존 스테니 함이 중국의 해상 민병 선단에 접근했을 때, 어느 누구도 달아나려고 하지 않았다는 것이다.

즉, 누군가 자신들보다 먼저 이들을 제압했다는 뜻이기도 했다.

당시에는 중국을 압박할 카드를 하나 얻었다는 생각에 별생각 없이 넘겼다.

하지만 어느 정도 시간이 지나면서 상황을 되짚어 보니 뭔가 부자연스러움을 느꼈다.

"자네들 생각은 어때? 누군 것 같나?"

"아무래도 한국 정부가 먼저 손을 쓴 것 같습니다."

존 바이드 대통령은 안보 회의에 참석한 이들을 보며 묻자, 안보 보좌관인 이완 맥그리거가 자신의 생각을 이야기했다.

"그렇게 생각하는 근거는?"

"DIA(국방부 정보국)에서 전해 온 소식에 의하면 존 스테니 함에서 인근 해역을 순찰하던 시각, 한국의 최신 잠수함 중 하나가 운항 시험을 하고 있었다고 합니다."

"응? 그게 무슨 소린가? 한국이 최신 잠수함을 건조했다고?"

처음 듣는 이야기에 놀란 존 바이드 대통령은 급히 CIA 국장을 돌아보았다.

"한국의 태우 조선에서 2020년에 건조가 되어 현재 운항 시험 중인 장보고Ⅳ일 것입니다."

"장보고Ⅳ?"

"네. 배수량은 5,500t급으로 우리 해군이 운용하는 LA급 공격 원잠과 비슷합니다."

미국 해군이 보유한 공격 원잠인 LA급 잠수함의 배수량은 6,082t으로 한국의 최신형 잠수함인 장보고Ⅳ보다 더 크고 무거웠다.

다만, LA급 공격 원잠은 냉전 시기인 1976년에 취역한 잠수함인데 반해, 장보고Ⅳ는 2020년에 개발된 최신형 잠수함이었다.

아무리 LA급 공격 원잠이 계속해서 성능 개량을 했다

고는 하지만, 최신형 잠수함에 비해서는 성능이 떨어질 수밖에 없었다.

"그런 것이 한국에 있었다는 말인가?"

조나단 국장의 설명을 들은 존 바이드 대통령은 깜짝 놀랐다.

그는 그동안 미군의 힘을 잘 알고 있다고 생각했다.

그 탓에 더 이상 군에 투자를 하는 것보단 군에 들어가는 예산의 일부를 삭감하고, 그렇게 생긴 여유 예산을 경제에 쏟아붓는 것이 국익에 더욱 도움이 될 거라 생각해 왔다.

그런데 언제나 자신들의 밑이라 생각한 한국이 이렇게까지 군사력을 증강할 것이라고는 상상도 하지 못했다.

미국의 원조를 받던 중국처럼 한국도 미국의 턱밑까지 쫓아왔다는 사실을 깨달은 존 바이드 대통령은 심각하게 고민했다.

'괜히 방위 예산을 삭감한 것인가?'

그는 대통령의 자리에 당선이 되면서 많은 군 프로젝트를 폐지하는 데 사인했다.

그가 군 프로젝트 폐지에 사인한 이유는 앞서 말한 것처럼 미군이 세계 최강이라는 자신감 때문이었다.

그에 반해 경제 규모는 그런 군을 뒷받침해 줄 정도

로 탄탄하지 못했다.

냉전 시대 때야 생존을 위해 천문학적인 무기 개발 예산을 집행해야 했지만, 냉전이 끝나면서 더 이상 미국의 적수는 없다고 해도 무방했다.

다른 나라에 밝히진 않았지만, 미국의 MD(미사일 방어)체제는 완성이 되어 있다.

예전에야 핵무기에 의한 상호확증파괴로 인해 서로가 서로에게 보유한 무기를 사용할 수 없었지만, 기술의 발달로 인해 ICBM이나 SLBM의 위협도 막아 낼 수 있을 정도로 정교한 방어 체계가 완성되었다.

하지만 미국은 이러한 사실을 외부에 알리지 않았다.

만약 이런 사실을 발표한다면 세계 각국은 미국을 견제하기 위해 하나가 되어 자신들을 주시할 것이란 사실을 너무도 잘 알기 때문이었다.

상호확진파괴의 공포에서 벗어난 미국을 그들은 두려운 존재로 인식하고 결국엔 적으로 규정할 것이다.

또 미국 내에서도 자신들이 핵 위협으로부터 안전해졌으니 무엇을 해도 두렵지 않다는 생각을 가지는 이들이 생겨날 수도 있었다.

그렇기에 미국 정부는 MD 체계의 완성을 숨기고 아직 불완전하다고만 발표한 상태였다.

물론 전혀 틀린 말도 아니었다.

MD 체계가 완료되어 100% 요격율을 가지고 있다고 해도, 전 세계가 보유한 모든 핵미사일을 막을 수는 없는 일이기에 새로운 신흥 강자인 중국의 성장에 제동을 걸려는 것이다.

그러한 상황에 한국이 동맹이라고 무조건적으로 믿을 수는 없었다.

한국은 날로 경제와 기술이 발전하는 나라다.

예전처럼 미국에 안보를 맡기고 경제에 편승해 순종하던 착한 동생이 아니라는 거다.

"그런데 장보고Ⅳ는 그동안 부유하던 재래식 디젤 잠수함이 아닌, 핵추진 잠수함일 것으로 예상되고 있습니다."

"뭐요?"

뒤이어 들린 보고에 존 바이드 대통령은 물론이고, 안보 회의에 참석한 위원들 모두가 깜짝 놀랐다.

특히나 조금 전 발표한 국방부장관의 목소리는 더욱 컸다.

아무리 한국의 기술이 날로 발달하고 있다지만, 원자력 발전에 사용하는 기술과 잠수함에서 사용하는 기술은 그 난이도에서 몇 단계나 차이가 났다.

육상에 건설한 원자로야 그냥 안정적으로 원료가 분열할 수 있게만 해 주고, 방사능이 외부에 유출되지 않게만 만들면 된다.

하지만 선박용 원자로의 경우에는 흔들리거나 뒤집혔을 때도 안정적으로 작동해야만 했다.

기술 난이도의 차이는 여기서 발생한다.

어느 정도 기울기에서는 원자로가 정상적으로 작동하겠지만, 한계 범위 이상으로 기울게 되면 원자로에 있는 연료봉이 움직이게 되면서 비정상적으로 작동할 수도 있었다.

그 말인즉, 자칫 원자로에 무리가 가 대형 사고가 터진다는 말이었다.

때문에 선박용 원자로는 일반 원자로에 비해 엄청 고난이도의 기술이 필요하고, 바닷속을 항행하는 잠수함의 경우는 더욱 높은 난이도를 자랑한다.

하니 한국이 선박용도 아니고, 잠수함용 원자로를 개발해 실제로 잠수함을 건조했다는 이야기에 깜짝 놀랄수밖에 없었다.

"혹시 우리의 기술이 빠져나간 것이오?"

제레미 라이언즈 부 대통령은 혹시나 해서 물었다.

"그건 아닌 것으로 조사되었습니다."

조나단 샌더슨 국장은 차분한 목소리로 CIA가 조사한 내용을 이야기했다.

CIA는 대한민국에서 원자로 잠수함이 개발된다는 소

식을 접하고 바로 조사에 들어갔다.

원자력 잠수함 기술은 국가 전략 보호 기술에 속하기에 아무리 동맹국이라지만 그냥 보고 넘길 수는 없는 문제였다.

그리고 기술이 넘어가지 않았더라도 어떻게 취득을 했는지 알아야 하고, 또 자신들이 보유한 기술과 어떻게 다른지, 혹은 어느 정도 성능의 차이가 있는지도 조사해 봐야 했다.

그런데 희한하게도 한국에 핵 잠수함을 건조할 수 있는 기술을 전수한 나라는 어디에도 없었다.

조사하면서 몇 번이나 검증했지만, 어떠한 정황도 찾을 수 없었다.

"그런데 특이한 점은 어느 나라도 상용화하지 못한 토륨을 이용한 원자로란 것입니다."

"토륨? 그게 뭔가?"

처음 들어보는 토륨이란 말에 존 바이드 대통령이 궁금해 물었다.

그런 존 바이드 대통령뿐만 아니라 많은 위원들이 토륨 원자로에 대해 모르고 있어 관심을 내보였다.

"토륨 원자로는 핵분열반응이 위험한 우라늄이나 플루토늄을 대체해 보다 안전한 토륨을 핵 발전에 이용하자는 발언에서 연구가 시작된 기술입니다."

어느 정도 과학기술과 산업에 대해 관심이 많은 국무부 차관인 밀라 오리스가 대답했다.

"토륨 발전이 우라늄 발전에 비해 안전하기는 하지만, 기존의 원자로에서 얻을 수 있는 전력량보다 훨씬 적다는 것이 문제입니다."

이는 효율을 중요시하는 현대 사회에서 결코 용납될 수 없는 문제였다.

다만, 장점이 기존의 원자력 발전보다 확실하기에 일부 과학자들이 토륨 원자력 발전에 관심을 보이고 연구를 진행하고 있는 것이다.

"그런데 한국이 그것을 상용화했다는 말인가?"

"그것은 알 수가 없습니다. 너무도 보안이 철저해 여기까지 한계였습니다."

조나단 국장은 담담하게 대답했다.

이는 자신들의 능력이 모자란 것이 아닌, 상대의 정보 방어가 철저해 알 수 없었기 때문이다.

"아니, 지금 그걸 말이라고 하는 것입니까?"

중국의 불법 무장 단체인 해상 민병에 대해 논의하던 자리가 이제는 한국의 최신형 잠수함에 대한 이야기로 바뀌었다.

"그럼 동맹국에 막무가내로 정보를 내놓으라고 해야 합니까?"

조나단 국장은 미간을 찌푸리며 윽박지르는 제레미 부통령에게 쏘아붙였다.

아무리 동맹이라고 해도 그 나라의 자존심을 건드려서 이득 볼 것이 없다고 판단한 조나단이었다.

그런데 그런 판단을 비난하는 듯한 제레미 부통령의 말에 화가 난 것이다.

"지금의 한국을 부통령이 현역으로 뛰던 때의 나라로 생각하면 안 됩니다."

마치 경고라도 하듯 조나단 국장은 제레미 라이언즈 부통령을 쳐다보며 이야기했다.

"현재 한국은 육해공 전 군에 최신 장비들이 개발되고 있습니다."

마치 아무것도 모르고 천방지축으로 까부는 어린아이를 달래듯 조나단 국장은 차분히 말을 이어 나갔다.

그런 조나단 국장의 말에 안보 회의 위원들은 흥미로운 눈빛으로 이를 지켜보았다.

"몇 달 전 한국에서 실시한 시재기 출고식에 다녀온 분도 계실 것입니다."

한국에서는 두 달 간격으로 시재기 출고식을 했다.

한 번은 국가 주도로 이루어진 시재기 출고식이었고, 하나는 기업이 자체적으로 전투기를 개발해 출고식을 한 것이었다.

하지만 두 출고식에서 사람들의 관심을 끈 것은 민간에서 실시한 시재기 출고식이었다.

물론 그전에 한국 정부가 주도로 한 시재기 출고식에서도 각국의 많은 국방 관계자들이 참석하여 관심을 내보였지만, 그래 봤자 시재기의 출고식에 불과하기에 그리 큰 관심을 받지 못했다.

그런데 민간 회사에서 주체한 시재기 출고식에서는 양상이 많이 달랐다.

중동의 큰손들이 전투기 비행 시범을 보고 납품 계약을 했으며, 뒤늦게 대만과 미 공군도 관심을 보였다.

이는 빅윙에서 개발되어야 할 차세대 훈련기가 아직까지 개발이 완료되지 않은데다가, 공군의 전투기 가동률이 예전만 못해진 탓이었다.

그러다 보니 가동률은 물론이고, 유지 보수비도 획기적인 SH항공의 KFA—01의 출고에 관심을 쏟을 수밖에 없는 상황이었다.

그런데 조나단 국장의 설명은 공군에 한한 것만이 아니었다.

한국 육군에서는 오래전부터 K—2 흑표 전차에 이어 XK—3 전차를 개발하고 있었다.

다른 선진국에서 4세대 전차를 몇몇 나라들이 연합하여 개발을 시도할 때, 한국은 뒤늦게 3.5세대 전차를 개발했으면서도 4세대 전차 개발에 누구보다 먼저 뛰어들어 개발 완료를 코앞에 두고 있었다.

뿐만 아니라 전차와 함께 육군 화력의 꽃인 자주포 또한 초읽기에 들어갔다.

신형 화포는 이미 개발이 완료되었고, 이를 차체에 싣기 위해 차대를 개발하는 상황.

이런 정보를 들은 국방 장관인 토니 블라터는 경악을 금치 못했다.

그리고 그동안 국방 예산을 삭감해 온 존 바이드 대통령도 조나단 CIA국장의 보고에 속으로 깊이 반성했다.

$$* \qquad * \qquad *$$

팔라우에서 야생의 법칙을 촬영하고 돌아온 수호는 바로 아레스의 심보성 사장에게 연락했다.

비록 당하진 않았지만, 자신을 향해 칼날을 들이민 중국을 그냥 두고 볼 생각은 없었다.

중국은 자신을 납치하려 직접 움직였다.

계획만 하여도 봐주지 못할 판에 실제로 움직였다가 사전에 발각돼 막힌 것이다.

그러니 보복을 해야만 했다.

이를 알고 있으면서 그냥 흐지부지 넘어가는 것은 자존심 상하는 일이었다.

그게 아니더라도 굳이 참을 이유가 없었다.

일개 개인이 국가를 상대로 보복하겠다는 것은 말이 되지 않지만, 자신에게는 그럴 능력이 있었다.

하나 들키지는 않아야 한다.

스포츠 경기에서도 심판에게 들키지만 않는다면 그것은 반칙이 아니다.

국가 간에 분쟁도 마찬가지다.

상대국에 대한 테러도 들키지만 않는다면 의심만 할뿐 어쩌지 못한다.

그리고 그건 대부분 상대적으로 강한 군사력이나 영향력을 가진 국가들에게 유리하게 작용했다.

수호는 자신이 중국 정부를 상대로 하려는 일이 결코 외부에 알려져선 안 되는 위험한 일이란 것을 너무나도 잘 알고 있었다.

그렇기 때문에 아레스에 의뢰를 하려는 것이기도 했다.

PMC인 아레스라면 자신이 생각한 보복을 훌륭히 이행할 거라 믿었다.

"그래 무슨 일로 날 보자고 한 건가?"

이제는 거물급 기업인이 된 수호였다.

아무리 예전에 부하였다고 해도 함부로 대할 수가 없었다.

아레스의 뒤에 있는 장군회의 고문과도 독대하는 수호이다 보니 심보성 사장도 말을 하는 데 더욱 조심하게 되었다.

"아, 너무 그렇게 굳어 계실 필요 없어요. 그보다 사장님도 알고 계시죠?"

주어가 빠진 질문이지만, 심보성 사장의 정보력이면 자신이 어떤 이야기를 하고 있는지 알 수 있을 것이라 판단하고 물어본 것이었다.

아니나 다를까 심보성 사장도 별다른 물음 없이 곧장 대답했다.

"중국에서 정 사장을 납치하려다 실패한 일 말인가?"

이미 장군회에서 아레스로 명령이 하달되어 알고 있는 사실이었다.

정부에서 장군회로, 그리고 장군회가 자신들의 손발이나 다름이 없는 아레스에 명령을 하달했다.

그런데 막 출발하려던 때, 수호의 비서인 슬레인에게서 연락이 온 것이다.

— SH시큐리티가 직접 처리하겠습니다.

SH시큐리티는 심보성 사장도 너무나 잘 알고 있는 회사다.

그도 그럴 것이, 그들의 전신이라 할 수 있는 SH 그룹의 보안 및 경호팀 직원들을 자신이 교육시켰기 때문이다.

물론 그것도 처음 1년 정도만 교육하였고, 그 뒤로 SH시큐리티가 설립되면서 SH 그룹의 보안 요원들은 자체적으로 훈련했다.

하지만 SH시큐리티나 아레스 모두 수호가 짜 놓은 훈련 프로그램을 가지고 훈련하였기에 그 능력은 대동소이할 것이라 생각했다.

그러니 중국의 해상 민병을 상대로 아레스가 아닌 SH시큐리티가 나간다 해도 일이 잘못될 것은 없다고 판단을 내렸다.

실제로도 작전은 성공적으로 진행되어 SH시큐리티의 이름은 뉴스 어디에도 나오지 않았다.

단지 중국의 해상 민병이 미 해군에 제압되었으며, 이들이 과한 무장을 하고 있다는 것만 세상에 알려졌다.

이에 미국에선 뭔가 이상하다는 느낌을 받기는 했지만, 그것이 SH시큐리티의 능력이 아닌, 한국의 특수부대가 움직였다고 의심할 뿐이었다.

"네. 우리 부대의 모토가 '받은 것이 있으면 그것이 무엇이든 100배로 갚아 줘라!' 이지 않습니까?"

수호는 예전 부대의 구호를 심보성 사장에게 언급하며 이야기를 이어 갔다.

"그러니 제대로 갚아 줘야 하지 않겠습니까?"

"뭐? 중국을 향해 테러라도 저지르게?"

과거 자신이 지휘하던 부대의 모토가 100배로 되갚아 줘야 한다는 것은 맞았다.

그렇지만 이번에는 상대가 좋지 못했다.

수호가 상대해야 할 적은 이제 미국에 이어 G2라 불리는 중국이었다.

동남아의 작은 나라도 아니고, 그렇다고 무정부 상태나 마찬가지인 아프리카에 존재하는 나라도 아닌, 거대한 땅덩어리와 인구를 가진 중국이란 나라다.

아시아에서는 감히 상대를 찾아보기 힘들 정도로 막강한 나라가 바로 중국이다.

그런데 그런 중국을 상대로 보복하겠다는 수호의 뇌구조가 궁금해질 지경이었다.

"못할 것도 없지 않습니까? 다만……."

"다만?"

"누구에게 당하는지 모르게 해야 하니, 사장님의 도움을 좀 받으려 합니다."

"허······."

수호의 이야기에 심보성 사장은 기가 막혔다.

"어떻게 자넬 도와야 중국이 모르겠나?"

심보성 사장은 말이 되지 않는다고 생각하면서도 방법이 궁금해 물어보았다.

"아레스에서 열 명만 차출해 주십시오."

"열 명? 열 명 가지고 뭘 하려고?"

열 명으로 무엇을 하려는지 궁금해 미칠 지경이지만, 참을성 있게 수호가 이야기를 해 줄 때까지 기다렸다.

그런 심보성 사장의 모습에 수호는 자신의 계획을 얘기했다.

"티벳과 신강을 끌어들일 겁니다."

"응? 티벳하고 신강? 설마······."

심보성 사장은 수호의 이야기를 듣고는 깜짝 놀라며 뒷말을 흐렸다.

"설마 아니지?"

심보성 사장은 자신의 생각이 맞는지 수호의 눈을 쳐다보며 물어보았다.

방금 전 수호가 언급한 두 지역은 현재 중국에서 많은 사건 사고가 끊임없이 벌어지고 있는 지역이었다.

두 지역은 중국의 서북과 서남에 위치한 자치구였지만, 중국 정부의 핍박 속에서 독립을 끊임없이 요구하는 지역이기도 했다.

그 때문에 중국 정부는 UN의 지적에도 불구하고, 인권 탄압을 계속하고 있었다.

다만, 티벳의 경우에는 종교적인 이유로 신강에 비해 독립운동이 그리 강렬하진 않았다.

그렇다고 결코 탄압이 약한 것은 아니었는데, 덕분에 티벳인 중에서도 강력하게 독립운동을 주장하는 이가 심심치 않게 보였다.

그럼에도 아직까지 티벳과 신강 자치구가 독립하지 못하는 것에는 몇 가지 이유가 존재했다.

먼저 국제사회의 관심이 적은 것도 있으며, 독립을 원하고 있는 사람들의 무장이 빈약해 저항이 그리 크지 않은 것도 이유 중 하나였다.

그러다 보니 국제적으로 큰 관심을 받지 못하고 있는 상황이었다.

만약 여기에 누군가 불을 당겨 주기라도 한다면 미국이나 다른 서방국가에서 도움을 줄지도 몰랐다.

현재 중국은 국제적으로 점점 고립되고 있기에 더욱 가능성 있는 예측이었다.

"천안문 사태 이후 중국 정부는 계속해서 무리한 정책을 펼쳐 왔습니다. 또 결정적으로 폭발적인 경제성장에 힘입어 미국을 뛰어넘겠다는 무리수를 두며 여러 가지 실책을 범했죠."

그중 세계인을 분노하게 만든 것은 바로 우한의 한 연구소에서 생화학 무기가 유출된 사고였다.

중국은 그곳이 질병 연구를 하는 연구소라 하였지만, 세계인들은 이를 믿지 않았다.

오히려 인간에게 치명적인 생화학 무기를 인공적으로 만들고 있다고 의심했다.

우한 연구소에서 유출된 바이러스는 박쥐를 통해 인간에게 전염되는 수인성 질병이다.

하지만 자연 환경에서 그렇게까지 정교한 병원체가 만들어지려면 확률이 아주 희박했다.

그런데 중국 정부는 수천만 명이 감염되고 수백만 명이 목숨을 잃었음에도 오히려 다른 서방국가에서 이 질병이 발생한 것이라며 오리발을 내밀었다.

중국 우한에서 가장 먼저 발생한 것이 확실한데, 이를 은폐하려 국제 보건 기구인 WHO를 매수하려 했다.

이런 일이 있으니 누군가 심지에 불만 붙이면 분명 무언가 일이 벌어질 것이었다.

"자네 말은 알겠네. 다만, 누가 고양이 목에 방울을 달 것인가가 문제인데……."

수호의 설명을 듣던 심보성 사장이 말했다.

"여기서 아까 말한 티벳과 신강의 반군을 활용할 생

각입니다."

"아네, 알아. 단지 가능성에 대해 생각해 본 걸세."

심각한 표정의 심보성 사장을 본 수호가 씩 미소를 짓고는 다시 입을 열었다.

"조금 더 말씀드리자면 특수전을 가르쳐 주려고 합니다."

물론 들리는 소문에 의하면 미국에서 아주 은밀하게 사람을 보내 훈련을 시키고 있다고 하지만, 그리 큰 성과를 보이지 못하고 있었다.

수호는 단순하게 그 일을 답습하려는 것이 아니었다.

아니, 보다 체계적으로 훈련을 시킬 계획이었다.

좀 더 깊게 들어가자면 티벳과 신강 지역에 아레스의 직원을 파견하는 것이 아닌, 두 지역에서 인력을 빼내 아레스가 파견되어 있는 아프리카에 보낼 생각이었다.

그리하면 반군들은 훈련과 실전을 경험하게 될 테고, 단순히 훈련만 하는 걸 뛰어넘어 제대로 된 활약을 할 수 있을 터였다.

모든 계획은 들은 심보성 사장은 정말이지 이런 계획을 세운 수호의 머릿속이 궁금해졌다.

처음 수호의 이야기를 들었을 땐 두 지역에 직원들을 보내 훈련시키려는 것인 줄 알았다.

그런데 수호는 그보다 한 단계 이상을 바라보고 있음

을 깨닫게 되었다.

"확실히 남다른 곳이 있군."

심보성 사장은 수호가 보통 사람과는 생각이 다르다는 것을 알았다.

"얼마가 될지는 모르겠지만 우리도 도움이 되겠어."

비록 훈련된 정예가 아니지만, 숫자도 무시할 수 없었다.

아레스의 직원들이 정규군을 상대하는 것이 아니라 반군이나 테러 조직을 상대하고 있기에 가능한 일이었다.

"하지만 자네 생각은 그것만이 아니겠지?"

예전 부대의 구호까지 언급한 수호이기에 그의 계획이 이것만은 아닐 것이란 예상을 하고 물었다.

"물론이죠. 중국 정부를 싫어하는 곳은 많으니까……."

심보성 사장의 질문에 수호는 두 눈을 반짝이며 입꼬리를 비틀어 올렸다.

그러면서 그의 머릿속은 마치 폭죽이 터지듯 연이어 어떤 생각들이 스치고 지나갔다.

8. 비상

대화디펜스 이사진들은 ADD 화력 시험장에 모였다.

SH화학의 신형 장갑제 성능 실험에 참관해 달라는 연락 때문에 이곳을 찾게 된 것이다.

"SH화학에서 신형 방탄 장갑을 개발했다는데, 성능이 얼마나 나올지 기대가 되네요."

대화디펜스의 관계자 중 한 명인 이준구 상무가 이야기를 꺼냈다.

"맞습니다. 그런데 SH화학은 3년 전에 방탄 스프레이라는 획기적인 방탄 소재를 개발한 회사이지 않습니까?"

SH화학은 3년 전 처음 방산 업계에 등장했는데, 그와 함께 센세이션을 일으켰다.

쇠도 붉게 달아오를 정도의 고온을 차단하는 단열재를 생산하는 것은 물론이고, 연이어 방탄 스프레이라는 신개념의 방탄 소재를 만들어 한국군의 군사력 증진에 큰 기여를 했다.

그런데 불과 3년 만에 또 다른 신제품을 생산해 냈다.

물론 아직까지 이 제품의 성능이 어느 정도나 되는지 알 수는 없었다.

하지만 업계에 전해지길 기존의 방탄 스프레이가 가지는 성능을 그대로 구현하면서, 그 이상의 두께로 제작이 가능해졌다는 소문이 돌았다.

그걸 기억해 낸 이종훈 이사가 이준구 상무에게 조심스럽게 물었다.

"그런데 소문이 사실일까요?"

"나야 모르지. 하지만 그런 자신감도 없이 우리를 초대하진 않았을 거 같네만."

질문을 받은 이준구 상무는 뭔가를 알고 있다는 듯이 대답했다.

"오, 자네는 뭔가 알고 있는 것이라도 있나?"

"이번 시험은 단순한 성능 시험이 아니라 제7기동군

단의 전력 강화를 위한 예비시험이라 합니다."

"뭐? 그게 정말인가?!"

육군 제7기동군단은 대한민국 육군 전력의 대부분이라 칭해도 될 정도로 막강한 화력을 가지고 있었다.

우스갯소리로 육군 제7기동군단이면, 중국의 북부전구의 전력과 맞먹는다는 이야기가 있었다.

중국은 2016년 이전까지 전국을 일곱 개의 군구로 나눠 인민해방군을 운용했는데, 이것을 통합하여 다시 다섯 개의 전구로 개편했다.

그로 인해 한반도 위에 있던 심양 군구는 내몽고 지역까지 영역을 확대하면서 전력이 강화되었다.

그런데 이런 중국의 북부전구 전체의 화력과 대등하다는 대한민국의 제7기동군단의 평가는, 외국에서 더욱 높이 쳐 주고 있었다.

그 정도로 뛰어난 제7기동군단의 전력을 한차례 더 강화하기 위한 시험이라니…….

이준구 상무의 말은 이를 듣고 있던 사람들을 놀라게 만들기 충분했다.

그렇게 사람들의 눈이 똥그랗게 떠 있는 그때, 스피커에서 요란한 사이렌 소리가 울려 퍼졌다.

위잉! 위잉!

— 10분 뒤, 제3시험장에서 신형 장갑의 성능 테스트가 있겠습니다. 다시 한번 알려 드립니다. 10분 뒤……

스피커에서 경고와 함께 10분 뒤 제3시험장에서 성능 시험이 있음을 알렸다.

이에 대화를 나누고 있던 대화디펜스의 관계자들이 분주히 움직이기 시작했다.

대화디펜스 이사진이 제3시험장에 도착했을 때는 이미 ADD 관계자들과 SH화학에서 나온 직원들이 분주히 작업을 하고 있었다.

"오랜만입니다."

중현은 작업이 진행되는 걸 지켜보다가 갑자기 들려온 인사 소리에 몸을 돌렸다.

"아, 오셨군요."

"초대해 주셔서 감사합니다."

"하하하, 아닙니다. 오히려 초대에 응해 주셔서 저희가 감사하죠."

SH화학에게는 대화디펜스가 중요한 사업 파트너가 될 수도 있는 회사였다.

자신들이야 방탄 소재를 만드는 회사지만, 대환디펜

스는 그런 것을 가지고 물건을 만드는 회사이기 때문이
었다.

　대화디펜스의 입장에서도 SH화학이 중요한 건 마찬
가지였다.

　전량 수입에 의존하고 있는 복합 장갑을 국내에서 개
발하게 된다면 재료 수집 측면에서 훨씬 유리할 수 있
으니 서로서로 중요한 파트너였다.

　그렇게 중현과 대화디펜스 이사진들이 서로 이야기를
나누고 있을 때, 성능 시험을 하기 위해 준비하던 이들
이 시험장에서 빠져나왔다.

　"곧 시험이 시작되겠군요."

　중현은 얼른 대화를 멈추고 전면에 마련된 창을 쳐다
보았다.

　제3시험장은 시험하는 사람들의 안전을 위해 시험장
과 참관을 하는 곳을 분리해 놓고 있었다.

　이는 무엇보다 안전을 유의하기 위한 조치였다.

　시험장 내에 있던 사람들이 모두 나와 세이프티 룸으
로 이동했다.

　— 지금부터 제3시험장에서 SH화학에서 출품한 방탄
장갑의 성능 시험이 있겠습니다. 관계자들은 안전한 장
소로 대피해 주시기 바랍니다. 다시 한번 알려 드립니

다. 지금부터 제3시험장에서…….

스피커에서 안내 방송이 흘러나왔다.

그리고 5분쯤 지나 성능 시험이 시작되었다.

쾅!

콰쾅!

시험은 몇 차례나 반복하며 꼼꼼하게 진행되었다.

그런데 특이한 점은 SH화학에서 출품한 방탄 장갑의
두께가 생각보다 얇다는 것이다.

아무리 세라믹 소재로 만들어진 복합 장갑이라고 해
도 전차포를 이용한 시험이다.

장갑의 두께가 얇아도 너무 얇아 보이는 탓에 대화디
펜스 이사진은 의아해했다.

하지만 시험 결과를 보고 대화디펜스 이사진들은 하
나같이 경악을 금치 못했다.

그도 그럴 것이, SH화학에서 개발한 방탄 장갑은 소
문 이상의 성능을 보여 주었기 때문이다.

급기야 현존하는 가장 강력한 전차포 중 하나이며,
대한민국의 MBT(메인 베틀 탱크)인 K—2 흑표의 주포
까지 등장했다.

콰앙!

55구경장 120㎜ 활강포에서 쏜 K—279 APFSDS(날

개안정분리철갑탄)의 관통력은 2㎞ 거리에서 700㎜ 중반에서 800㎜ 초중반까지 나온다.

그리고 전차의 보편적인 교전 거리라 하는 1.5㎞에서는 무려 900㎜ 이상이 나왔다.

그런데 조금 전 시험에서 불과 2㎝ 두께의 장갑판이 이를 버텨 냈다.

그 모습을 본 대화디펜스 이사진과 ADD의 박사들은 그 시험 결과에 충격을 받고는 아무런 말도 하지 못했다.

'겨우 200㎜ 두께로 K─2 흑표 전차의 공격을 막아 내다니…….'

대화디펜스의 신창원 전무는 입을 떡 벌린 채 속으로 생각했다.

'그것도 1.5㎞ 거리에서 쏜 건데 말이야. 이게 말이 되긴 하나?'

동종업계 사람이 듣는다면 말도 안 된다며, 농으로 생각하고 넘어갈 얘기였다.

한데 만약 이대로 연속해서 성능이 확실히 증명된다면, K─279 APFSDS보다 우수한 미국의 열화우늄탄도 충분히 방어해 낼 수 있을 것 같았다.

더욱이 이 신형 장갑의 경우 기존의 세라믹 복합 장갑보다 두께도 얇으면서 가볍기 때문에 전차의 무게를 획기적으로 줄일 수 있을 것으로 예상되었다.

'아, 그것 때문이구나.'

거기까지 생각이 미치자 신창원 전무는 단숨에 상황을 파악할 수 있었다.

무게.

전차 산업에 있어서 무게는 중요하다.

가벼워질수록 엔진의 추력 중량비와 수명 연장은 물론이고, 기동 능력 향상 등 많은 이점이 존재했다.

그뿐만 아니라 그만큼 다른 장비나 추가 장갑을 부착할 수도 있었다.

'그러고 보니 가벼운 장갑이 꼭 필요한 곳이 있었군.'

신형 장갑으로 인해 변할 것들을 떠올리던 신창원 전무는 다른 사업에까지 생각이 미쳤다.

바로 현재 지지부진한 인도 육군과의 경전차 사업이었다.

현재 인도 육군은 국경 일대에 배치된 중국의 15식 경전차를 상대하기 위해 경전차 수급에 열을 올리고 있었다.

러시아와 한국이 사업 참여를 하고 있으며, 이중 한국의 대화디펜스가 유력시되고 있었다.

하지만 러시아의 어깃장으로 인해 사업은 벌써 몇 년

째 지지부진한 상태였다.

러시아가 딴지를 놓는 부분은 바로 대화디펜스가 밀고 있는 K—21—105 경전차의 무게다.

인도 육군은 수송기로도 수송이 가능한 25t 미만의 전차를 요구했지만, K—21—105 경전차의 경우 무게가 31t이기에 수송기로는 수송이 불가능했다.

그런데 눈앞에 그게 가능하게 만들어 줄 물건이 나타난 것이다.

기존의 장갑을 대체해 SH화학의 신형 장갑을 사용한다면, 가벼우면서도 훨씬 뛰어난 장갑 방어력을 가진 경전차를 만들어 낼 수 있을 터였다.

'이거라면 계약이 가능하겠지? 아니, 가능할 수밖에 없어.'

겨우 2㎝ 두께로 엄청난 장갑 방어력을 보여 주니 걱정할 거리가 없었다.

비록 신형 장갑을 사용하기에 가격은 상승하겠지만, 국가의 안녕을 위한 일인데 그 정도 비용은 충분히 지불할 수 있는 범위였다.

＊　　　　＊　　　　＊

대화디펜스의 영업 이사인 신창원 전무는 인도의 국

방부 장관인 라즈나트 싱을 만나기 위해 인도를 찾았다.

그가 인도 국방 장관을 만나려는 것은 지지부진한 경전차 사업을 마무리 짓기 위해서였다.

현재 인도는 중국과 국경분쟁을 벌이고 중인데, 그곳에 중국의 15식 경전차가 있다는 것이 문제였다.

비록 15식이 주력 전차가 아닌 경전차이기는 하지만, 보병의 입장에서는 난공불락의 요새나 다름없었다.

보병이 지닌 무기로는 대항하기가 상당히 힘든 것이 전차다.

그러니 보병이 주가 되는 인도군으로서는 퍽 난감한 상황일 수밖에 없었다.

이에 대응책을 모색하던 중 인도군도 중국군처럼 경전차를 배치해야 한다는 결론을 내렸다.

하지만 중국은 오래전 인도와 국경분쟁을 하는 곳처럼 높은 고지대에선 무거운 주력 전차보단 가벼운 경전차가 적합하다는 것을 깨닫고 오래전부터 경전차를 연구해 왔다.

그에 비해 다른 나라들은 가볍고 방어력이 약한 경전차보단, 중전차 위주로 연구를 하다 보니 경전차를 개발하는 나라는 거의 없었다.

이에 인도 국방부는 급히 오래전 러시아가 개발한

Sprut—SD 공수 전차를 떠올리며 러시아에 급히 타진했다.

하지만 기대와는 다르게 Sprut—SD는 러시아 육군도 소수의 수량만 받고 포기한 실패작이었다.

Sprut—SD는 기관총에도 뚫리는 장갑을 가지고 있었다.

당연히 병사들은 모두 기피했고, 그 탓에 오래전 생산이 중단된 물건이었다.

러시에서 답변을 받은 인도 정부는 이전에 대화디펜스가 인도네시아 경전차 사업에 출품한 K21—105로 시선을 돌렸다.

인도는 그동안 'Make In India'를 외치며 인도판 신토불이 정책을 펼치다가 많은 사업을 말아먹었다.

그중 하나가 바로 육군의 주력 전차 사업인 아준 전차다.

1970년대에 들어 많은 나라들이 차기 주력 전차를 개발하려 노력했다.

그때 인도도 뒤늦게 자신들의 손으로 주력 전차를 만들겠다는 목표 아래 천문학적인 개발비를 들여 아준 전차를 만들었다.

하지만 들어간 예산에 비해 만들어진 전차는 형편없는 쓰레기였다.

그런데 한국과 손을 잡고 생산한 K—9의 인도 생산은 성공적으로 끝을 맺었다.

아니, 원래 계약보다 무려 한 달이나 이른 시간에 생산이 완료되었다.

당시 화력은 물론이고 생산망까지 완벽하게 만들어낸 한국의 능력에 인도 모디 총리와 군 관계자들은 모두 놀라워했다.

이런 이유로 인도 국방부는 중국과의 국경분쟁에 중국군이 15식 경전차를 배치하자, 이에 대항하기 위해 한국을 찾은 것이다.

하지만 자신들과 가깝던 인도가 한국을 찾자 러시아가 심통을 부리기 시작했다.

주력 전차 구매에서도 어깃장을 놓더니, 자주포에 이어 이번에는 경전차 사업까지 훼방 놓은 것이다.

자신들이 개발한 Sprut—SD가 실패작임을 알면서도 한국이 무기 판매로 돈을 버는 것이 배가 아팠기 때문이다.

자주포 사업에 이어 경전차 사업까지 뺏기는 것이 싫은 러시아의 방해 때문에 계약이 체결 직전까지 갔다가 무산되었다.

하지만 이번만큼은 자신이 있었는데, 바로 SH화학의 신형 장갑 때문이었다.

하여 신창원 전무는 러시아가 어떻게 나오든 계약을 성공시킬 수 있을 거라 생각했다.

＊　　　　＊　　　　＊

"지금쯤이면 대화디펜스의 신창원 전무가 인도 국방부 장관인 라즈나트 싱을 만나고 있겠지?"

수호는 시간을 확인하고 슬레인에게 물었다.

[30분 전에 만났으니 어쩌면 계약서에 서명을 하고 있을지도 모르겠습니다.]

수호의 물음에 슬레인이 대답했다.

그런 둘의 대화는 마치 인간의 대화처럼 무척이나 자연스러웠다.

"잘되겠지, 뭐. 신형 장갑까지 장착했잖아."

며칠 전 ADD에서 실시한 신형 방탄 장갑 성능 시험이 있은 뒤 SH화학은 대화디펜스와 신형 장갑 공급계약을 체결했다.

어차피 대한민국 육군의 지상무기 성능 개량 사업을 추진하는 과정에서 대화디펜스도 계약해야 하기에 미리 진행한 것이었다.

다만, 인도에 수출하는 것이니 말이 나올 소지가 충분했다.

하나 수호는 자신이 영향력을 행사할 수 있는 국회의
원들과 장군회를 통해 그러한 문제를 해결했다.

'어쨌든 일단은 잘 흘러가고 있네.'

속으로 인도에 납품할 장갑차를 떠올린 수호가 씨익
웃었다.

수호는 현재 중국에 대한 보복을 진행 중이었다.

중국과 분쟁을 벌이고 있는 인도와 대만에게 무기를
수출하여 힘을 실어 주었다.

또 한편으로는 분리 독립을 하려는 중국 자치구의 반
군을 지원하고 있었다.

그렇게 중국 정부를 압박한다는 계획을 실현하고 있
는 중이며, 실제로 현재까지 일은 계획대로 순조롭게
흘러갔다.

인도의 경우에는 조금 더 시간이 필요하겠지만, 대만
의 경우 급속도로 전력을 강화하고 있는 중이라 중국
정부의 입장에선 무척이나 신경 쓰일 수밖에 없었다.

특히나 대만이 SH항공과 체결한 4.5세대 전투기 생
산 라인이 만들어지면서 본격적으로 전투기 생산에 돌
입했다.

뿐만 아니라 수호는 신형 155㎜ 장거리 램제트 탄의
생산 면허도 대만에 허가해 주었다.

원래 계획은 한국에서 생산하여 판매하는 것이었는

데, 이번 납치 미수 사건을 계기로 3년간 생산 면허를 허가해 버렸다.

어차피 그게 아니라도 한국에 있는 포탄 제조사는 한국 육군에 납품하는 것만으로도 버거운 상태이기도 했다.

사실 한국에 있는 포탄 제조사 두 곳과 계약하여 한국 육군과 대만 정부에 판매하려는 계획이었다.

그런데 두 곳 중 (주)화산에서 계약에 적극적이지 않았다.

게다가 자신들에게 유리하게만 계약하려고 하는 바람에 과감하게 (주)화산과는 계약을 하지 않았고, 그 탓에 생산에 차질이 생기면서 방침을 바꾼 것이었다.

이는 모두 아무리 애국을 한다고 하지만, 굳이 남 좋은 일만 시킬 필요는 없다고 판단한 수호의 결정이었다.

"그건 그렇고, 티벳과 신강은 어떻게 되고 있지?"

[각각 100명씩 모아 아프리카로 보냈습니다.]

"그래?"

[예상보다 지원하는 인원이 많아 1차와 2차로 나눠 보내기로 했습니다.]

슬레인은 설마 티벳과 신강 지역에 중국으로부터 분리 독립을 원하는 사람이 그렇게나 많을 줄은 상상도 못했다.

현지에 파견된 SH시큐리티 직원이 전해 온 말에 의하면, 은밀하게 모집했음에도 무려 300명이나 몰렸다고 한다.

그런데 1차로 온 사람만 300명이고, 중국 공안의 감시가 없으면 더욱 많은 사람들이 왔을 거라 했다.

티벳과 신강은 상당히 넓은 지역이다.

하지만 사람이 살아갈 수 있는 지역은 얼마 되지 않았다.

그러다 보니 반군들도 숨어 있을 공간이 적어, 언제 공안이 들이닥칠지 모르는 불안에 떨며 독립운동을 하는 중이라 했다.

수호는 오래전 CIA가 한 작전이 처음부터 성공 가능성이 낮다고 생각했는데 그 판단이 맞았다.

특히나 중국 공산당과 같이 인간의 존엄을 무시하고 인명을 경시하는 집단을 상대로, 그런 경무장의 소수 게릴라로는 이상을 이루기 힘들었다.

비록 지역이 고산지대라 중무장을 할 수 없다고는 하지만, 중국 인민해방군이 보유한 무기에 대항할 수 있는 정도로는 무기 체계를 구축해야 했다.

그래야만 두 지역의 무장 투쟁에 겁을 먹을 테니까 말이다.

어쨌든 티벳과 신강의 반군을 뒷받침해 주기 위해 우선 사람부터 그에 맞게 개조할 필요성이 있다고 판단했다.

하여 PMC인 아레스에 의뢰를 한 것이었다.

모두가 전직 특수부대 출신이며, 현재도 활발하게 실전을 경험하고 있는 아레스였다.

당연히 무장 독립운동을 하는 그들을 교육시킬 최고의 적임자였다.

티벳과 신강 위구르인들은 결코 테러리스트들이 아니다.

자신의 민족을 박해로부터 해방시키기 위해 독립을 원하는 독립운동가였다.

그러니 오래전 식민지 지배의 아픔을 가지고 있는 한국인으로서 확실하게 그들이 독립할 수 있게 도울 생각이었다.

물론 그 과정에서 자신을 해코지하려고 한 중국 정부도 손보고 말이다.

*　　　　*　　　　*

미국 CIA의 레이더에 이상한 움직임이 포착되었다.

처음에는 그것이 미국의 국익에 반하지 않기에 별다

른 조치를 취하지 않았다.

그런데 시간이 갈수록 각각의 정보처에서 같은 내용의 보고가 들어오는 탓에 관심을 가질 수밖에 없었다.

"이건 언제 들어온 정보지?"

인도 담당 CIA 부장인 조나단 쿠퍼가 부하인 리키 오드만에게 물었다.

"한 시간 전에 들어왔습니다."

그 말을 들은 조나단 쿠퍼 부장은 황당한 표정을 지으며 크게 호통쳤다.

"아니, 올라온 지 한 시간이나 된 보고를 이제야 한단 말이야?!"

"하지만 그 정보는 이미 예견된 내용을 확인하는 정도라 판단해 다른 것과 함께 가져오느라 늦었습니다."

리키 오드만 또한 할 말이 있기에 상관인 조나단 쿠퍼 부장의 호통에도 굴하지 않고 대답했다.

그가 보고한 정보는 인도와 중국 접경 지역의 현장 상황 정보였다.

갈수록 격해지는 양국의 대립으로 인해 두 나라는 언제 전면전이 일어나도 놀랄 일이 아니었다.

특히나 얼마 전부터 인도에서 생산되고 있는 경전차가 그 긴장감을 증폭시켰다.

인도의 라다크 지역은 넓게 펼쳐진 고원이다 보니 무

력 충돌이 자주 일어나고 있는데, 그런 곳에 빠르게 경전차가 배치되니 화약고나 다름없는 상태가 된 것이었다.

"내가 뭐라고 했나? 분쟁 지역에 관한 정보는 바로바로 보고하라고 했지!"

하지만 조나단 쿠퍼 부장은 대답하는 리키 오드만의 답에 수긍하지 않고 곧장 역정을 냈다.

인도는 미국이 대중국 압박 카드의 하나인 쿼드의 주요 회원국이다.

특히나 인도의 경우 중국과 국경을 맞대고 있으면서 자잘한 전투가 벌어지고 있는 화약고였다.

비록 중국을 압박하기 위해 쿼드를 결성하기는 했지만, 핵무기를 보유하고 있는 인도와 중국의 분쟁은 자칫 핵전쟁으로 번질 수가 있었다.

핵전쟁은 국익을 떠나 전 세계적인 문제로 비화될 수가 있기에 무척이나 신중한 판단이 필요한 문제였다.

그런 상황에서 부하 직원이 핵무기를 보유한 두 나라의 충돌이 예상되는 정보를 가지고 한 시간이나 미적거렸다는 사실에 화가 난 것이다.

"인도와 중국은 핵무기를 보유한 나라야! 까딱 잘못하면 핵전쟁이 벌어질지도 모르는 일이라고!"

조나단 쿠퍼 부장은 서늘한 눈빛으로 리키 오드만을

압박했다.

리키 오드만도 인도와 중국이 핵보유국인 것은 잘 알고 있었다.

하지만 국경에서 군인들 간의 사소한 다툼이 핵전쟁으로 비화될 것이라고는 생각지 않았다.

그런데 상관에게 얘기를 듣다 보니 그가 걱정이 이해되기도 했다.

아무래도 여러 곳에서 정보를 받는 상관이기에 분명어떤 판단 근거가 있으리라는 생각 때문이었다.

하여 얼른 자신의 잘못을 인정하고 사과를 했다.

"음, 시정하겠습니다. 그런데 라다크에 경전차가 배치됐다고 해서 중국이 그렇게까지 반발을 할까요?"

자신의 상관이 무엇을 두려워하는지 알게 되었다고는하지만, 상황이 그렇게까지 흘러가리라고는 생각 들지않아 조심스럽게 물었다.

"그래. 자네 말대로 인도가 라다크에 배치하고 있는것은 경전차일 뿐이지. 하지만 그것을 개발한 곳이 어딘지 알고 있나?"

"한국인 걸로 알고 있습니다만 그래도 경전차이지 않습니까."

조나단 쿠퍼 부장은 자신의 부하인 리키 오드만이 의구심 가득한 눈빛으로 질문을 하자 작게 한숨을 쉬며 설명했다.

"나도 얼마 전 입수한 정보이네만, 155㎜의 주포 공격도 막아 낸다고 하더군."

그런 상관의 설명에 리키 오드만은 깜짝 놀랐다.

"아니, 한국에서 개발한 전차가 그 정도의 성능을 낸다고요?"

리키 오드만은 도저히 믿을 수가 없었다.

말이 좋아 경전차지, 수송기로 공수가 가능한 장갑차량의 방어 능력이 얼마나 형편없는지 누구보다 잘 알고 있었다.

그런데 방금 전 자신의 상관이 하는 말은 그런 자신의 상식을 깨 버리는 아주 충격적인 내용이었다.

"그 정도면 중국의 주력 전차인 96식이나 99식과도 충분히 대결이 가능하지 않습니까?"

비록 중국 전차의 정보가 정확하게 공개된 것은 아니지만, 어느 정도 예측은 가능했다.

중국은 1950년대 후반 이후 공산주의 종주국인 소련과의 국경분쟁을 겪으면서 자신들의 약함을 절실히 느꼈다.

애초 소련은 군사 무기 기술의 강자였다.

한데 그러한 곳에서 많은 무기들을 수입하고 원조받던 처지에 분쟁을 벌였으니 이길 수가 없었다.

이후 소련으로부터 무기 부품을 구할 수 없게 된 중국은 과감하게 불법 카피를 하기 시작했고, 이에 소련도 화가 나 새로 개발된 무기들을 판매하지 않았다.

이렇게 중국이 카피해 국산화시킨 무기가 바로 59식 전차였다.

이후로도 59식 전차를 개량한 69식 전차와 또 거기서 더 개량한 79식 전차가 있었다.

하지만 개량만 할 수는 없는 노릇이라 중국은 소련이 중동에 수출한 T—72 전차를 몰래 들여왔다.

그렇게 개발한 전차가 96식이었고, 그것의 개량형인 99식 전차까지 만들어 냈다.

중국군은 이렇게 개발한 자신들의 99식 전차가 서방 국가의 최신 전차보다 훨씬 강력하다 주장하지만, 이를 믿는 이는 아무도 없었다.

그도 그럴 것이, 이것들의 기반이 된 전차들은 2차 대전 이후에 개발된 2세대 전차이거나, 겨우 3세대에 근접한 전차들이었기 때문이다.

물론 시간이 흐르며 중국의 과학기술도 발전하여 많이 나아지긴 했지만, 짝퉁의 나라답게 제대로 된 무기를 만들어 내지 못하고 있었다.

그걸 잘 알고 있는 조나단 쿠퍼 부장은 고개를 끄덕이며 입을 열었다.

"그렇지. 아마 가능할 거야. 그러니 더욱 걱정이지 않나. 어느 한쪽이 우세하면 적당히 움직이다 끝나지만, 비슷하다면 더욱 강력한 화력을 쏟아붓고 싶겠지."

현재 인도에서는 제대로 만들어진 무기들이 빠르게 배치되고 있었다.

자신들이 개발하던 아준 전차는 도태시키고, 러시아제 T—90MSI 전차를 수입했다.

또한 15식 경전차에 대항하기 위해 한국에서 개발한 K—21—105를 직수입 및 조립 생산하여 분쟁 지역에 배치했다.

특히나 K—21—105 경전차의 경우 방어력 측면에서만큼은 서방 세계의 주력 전차에 뒤지지 않을 정도로 뛰어났다.

물론 화력은 경전차답게 105㎜를 채택하는 바람에 부족한 측면이 있긴 했다.

하지만 중국군의 주력 전차인 96식이나 99식에게는 충분히 대항할 수 있었다.

이러한 상황이기 때문에 조나단 쿠퍼 부장이 걱정하는 것이었다.

국경 지역에서 무력 충돌이 일어나고, 이에 흥분한 양국 군대가 본격적으로 전차와 장갑차, 그리고 화포들을 동원해 전쟁을 벌이게 되면 자칫 본격적인 전쟁이 발생할 수도 있었다.

예전에야 무기들의 화력이 그리 강하지 않았기에 어느 정도 성과를 이루면 물러났지만 이제는 아니다.

과거 1962년에도 중국과 인도는 한 차례 국경분쟁이 있었다.

그때 중국은 당시 보유하고 있던 63식 경전차를 앞세워 이득을 본 적이 있기에 2017년 분쟁이 재발하자 이곳에 다시 15식 경전차를 배치한 것이다.

그런데 이번에는 1962년의 1차 국경분쟁과는 양상이 많이 달랐다.

아직까진 중국이 배치한 전력이 우수하지만, 속속 생산되고 있는 K—21—105가 배치되면서 전력의 우위가 바뀌고 있었다.

그 때문에 중국 정부는 이대로 라다크 일대와 인도와 국경을 맞대고 있는 다른 지역까지 군대를 철수해야 할지 고민했다.

하지만 미국의 유일한 대적자란 자존심 때문에 쉽게 군대를 뒤로 물릴 수도 없었다.

그 때문에 또 다른 돌파구로 대만을 위협하고 있기는 하지만, 이 또한 시간이 갈수록 방법이 먹히지 않고 있었다.

국제적으로 고립되어 있던 대만이 점점 기지개를 펴

고 있었기 때문이다.

이렇듯 종교 문제로 대립하고 있는 중동과 더불어 새로운 화약고로 떠오르고 있는 인도 중국 접경지대는 미국의 새로운 골칫거리로 떠오르고 있었다.

*　　　*　　　*

따르릉!

한 통의 전화가 한빛 엔터에 걸려왔다.

하지만 이 전화 한 통이 울린 뒤 한빛 엔터에는 난리가 났다.

그도 그럴 것이, 이 전화는 단순한 전화가 아니라 협박 전화였기 때문이다.

그것도 한빛 엔터의 간판이라 할 수 있는 플라워즈에 대한 비디오가 있다는 내용이었다.

플라워즈는 지금으로부터 4년 전 데뷔한 여자 아이돌 그룹이다.

혜윤, 지수, 지민, 크리스탈, 혜리 이렇게 다섯 명의 귀엽고 아름다운 10대 청소년들로 이루어진 걸 그룹이다.

그러다 우연히 찾아온 행운으로 인해 이름을 알리면서 스타덤에 올랐다.

그 뒤로 꾸준히 활동하며 가수로서는 물론이고, 여러 분야에서 활동하며 만능 엔터테이너로 거듭나고 있었다.

그런데 호사다마라고 했던가.

이렇게 최정상에 오른 이들에게 악재가 닥쳤다.

특히나 여자 아이돌에게 치명적인 사생활 비디오가 있다는 전화에 플라워즈와 소속사인 한빛 엔터까지 모두가 비상이 걸렸다.

이에 한빛 엔터 측에선 플라워즈의 멤버를 불러들였다.

그렇게 사장실로 들어가기 전 박인성 부장이 멤버들에게 물었다.

"너희 이런 비디오 찍은 적 있어? 혼내지 않을 테니 사실대로 말해 봐."

"부장님, 저희 아니에요. 아시잖아요."

리더인 혜윤은 펄쩍 뛰며 아니라고 부정했다.

그도 그럴 것이, 그녀를 비롯한 플라워즈 멤버들의 활동기에는 너무나 바빠 연애도 하지 못할 정도로 스케줄에 쫓겼다.

활동이 끝난 휴식기라고 다를 것은 없었다.

시간에 여유가 생기자 바로 자신이 평소 진출하고 싶은 분야에서 흩어져 활동하는 탓이었다.

혜윤의 경우 작곡에 관심이 많아 공부하고, 또 자신들이 부를 노래를 작곡하는 데 시간을 할애했다.

그리고 지수의 경우 그룹 내에서도 랩을 담당하고 있어 솔로 레퍼로서도 활동하고 있었다.

연기에 관심이 많은 지민은 플라워즈의 인기에 힘입어 연기자로 영역을 확대한 상태였다.

이는 혜리도 마찬가지였다.

서브 보컬이면서 연기와 춤에도 관심이 많아 뮤지컬 배우로서 활동하고 있었고, 마지막으로 크리스탈은 예능과 방송에 관심이 많아 예능에 출연하거나 보조 MC로 활약하고 있는 중이었다.

그런데 느닷없이 사생활 비디오라니.

말도 안 되는 소리였다.

차라리 애인이 있어 애인과 그런 비디오를 찍었다면 억울하지라도 않지, 있지도 않은 애인과 음란 비디오를 찍었다고 하니 미치고 팔짝 뛸 노릇이었다.

"그렇지? 나도 알고 있지만 혹시나 해서 한 번 확인해 본 거야. 조금 뒤 사장님께 가서도 그대로 이야기하면 나머지는 내가 알아서 할게."

박인성은 그동안의 공로를 인정받아 얼마전 부장으로 승진했다.

한데 하필이면 자신이 담당하여 가장 크게 띄운 플라

워즈에 이런 악재가 닥친 것에 화가 났다.

"부장님 저희 정말 억울해요. 도대체 어떤 놈이 그런 전화를 건 거예요?!"

조용히 혜윤의 뒤를 따라 들어오던 크리스탈이 박인성 부장을 보며 소리쳤다.

시간이 없어 많은 것을 포기하고 있는 자신들에게 이런 이상한 소문이 난 것이 너무 화났다.

"너희가 아니라고 했으니 루머는 곧 잠잠해질 거야."

흥분한 것 같은 크리스탈의 목소리에 박인성 부장은 그녀를 진정시키며 다른 멤버들을 돌아보았다.

아니나 다를까 다른 플라워즈 멤버들도 앞선 두 사람과 별반 다르지 않은 표정들이었다.

억울하고 화나 상당히 흥분한 상태였지만, 회사 안이라 억지로 참고 있을 뿐이었다.

그렇게 걷다보니 어느새 한빛 엔터의 사장실 앞이었다.

박인성 부장은 조심스럽게 사장실 문을 노크했다.

똑똑똑!

노크하기 무섭게 안에서 목소리가 들려왔다.

"들어와."

"사장님, 아이들 도착했습니다."

박인성 부장은 얼른 한빛 엔터의 사장인 한광희에게

인사하며 안으로 들어갔다.

"저희 왔습니다."

"그래, 어서들 와라."

안으로 들어오는 플라워즈 멤버들을 보며 한광희는 굳은 표정으로 인사를 받아 주었다.

"너희들이 무슨 일로 여기 온 건지는 들었지?"

인사를 받아준 한광희는 플라워즈 멤버들을 보며 물었다.

"네. 하지만 저희 그런 비디오를 찍은 적이 없어요."

혜윤은 단호한 표정으로 대답했고, 그런 혜윤의 양옆에 도열해 있던 다른 멤버들도 일제히 고개를 끄덕였다.

자신들은 단 한 번도 매니저 몰래 일탈한 적도 없었다.

다른 남자 아이돌이나 젊은 남자 연예인이 쪽지를 보내와도 그것을 일절 받아들이지 않았다.

그런데 이런 자신들에게 말도 되지 않는 루머가 나오다니.

이들은 어릴 때부터 연예계에 투신하면서 많은 것을 보고 자랐다.

연예계는 겉으로는 무척이나 화려하지만, 조금 더 가까이 다가와 그 안을 들여다보면 참으로 더러운 곳이라

할 수 있었다.

그럼에도 그걸 알지 못하는 많은 청소년들이 스타가 되기 위해 연예인을 꿈꾼다.

마치 불나방이 화려한 불꽃에 현혹되어 그 속으로 뛰어들 듯, 많은 것을 포기하고 연습생이 되곤 했다.

그리고 그중 스타가 되는 이는 아주 극소수이다.

그러면 나머지 인원은 스타가 되지 못한 채 그동안 헛된 꿈을 좇은 대가를 치르게 된다.

혹은 연예계의 어둠에 물들어 타락하고, 자신과 비슷한 이들을 양산하는데 인생을 허비한다.

이러한 것을 가까운 곳에서 보았기에 플라워즈 멤버들은 은퇴하는 그날까지 결코 한눈을 팔지 않겠다 다짐하고 이날까지 달려왔다.

그랬기에 현재의 위치에서 인기를 누리는 것이기도 했다.

"흠… 너흰 아니란 거지?"

한광희 사장은 그녀들의 말을 담담히 들으며 곱씹었다.

그동안 연예 기획사를 운영하면서 많은 연예인들을 관리했다.

그중에는 플라워즈처럼 관리가 편한 이들도 있었고, 몇몇은 정말이지 계약한 것을 후회할 정도로 골치를 썩

이는 이들도 있었다.

뿐만 아니라 사회적 물의를 일으켜 회사에 큰 손해를 끼친 사람도 있었지만, 한광희는 그것들을 이겨 내고 지금의 위치에 올랐다.

그러면서 사람을 보는 안목이 생겼다.

지금 플라워즈는 정말로 억울해하는 것처럼 보였다.

물론 그녀들이 자신을 속일 정도로 연기를 잘하는 것일 수도 있겠지만, 이들의 나이를 생각하면 그건 말이 되지 않았다.

아니, 그 정도 연기력이라면 굳이 아이돌을 할 이유가 없었다.

생각을 한 차례 정리한 한광희는 이들을 믿어 주기로 했다.

'그럼 누가 무슨 이유로 이 아이들에게 이런 어처구니없는 일을 꾸민 거지?'

도대체 무엇을 노리고 이들을 그런 추잡한 루머로 엮는 것인지 알 수가 없었다.

9. 해결사 출동

어두운 방 안, 구석에 놓인 책상 위 컴퓨터 모니터가 주변을 밝히고 있었다.

그리고 그 앞에는 두꺼운 뿔테 안경에 후덕지근하게 생긴 남자가 앉아 열심히 키보드와 마우스를 조작했다.

타타탁.

"히히히, 역시 스트레스를 푸는 데는 이만한 것이 없지."

사내는 음흉한 웃음소리를 내며 화면에 얼굴을 들이밀었다.

화면 속에는 상당히 아름다운 여성이 있었는데, 남자

가 키보드와 마우스를 조작할수록 그 사진 속 인물은 원래 얼굴이 아닌, 더욱 더 아름다운 여성의 얼굴로 변했다.

이윽고 모든 걸 다 끝낸 결과물은 플라워즈의 멤버인 크리스탈과 닮아 있었다.

"오! 이러니까 정말로 크리스탈하고 분위기가 똑같은데?"

남자의 말처럼 모니터 속 여성의 얼굴이나 분위기가 크리스탈하고 거의 흡사했다.

자세히 살펴보면 뭔가 합성한 티가 나기는 하지만, 언뜻 봐서는 그것을 눈치채기가 어려울 정도로 정교했다.

디리릭!

"좋았어!"

사내는 자신이 원하는 형태의 인물 영상을 만들고, 윈도우 모드를 활성화하여 또 다른 창을 모니터에 띄웠다.

타다다닥!

새로 띄운 화면을 키워 조작한 뒤 처음에 있던 창을 연결했다.

그리고 프로그램을 실행하자 놀라운 영상이 하나 만들어졌다.

— 으음! 아, 아…….

남자가 두 번째 띄운 창은 음란물이었는데, 지금 보여지는 것은 그 음란물에 전혀 다른 사람이 똑같은 동작을 하고 있었다.

이른바 딥페이크 영상이었다.

다른 사람의 얼굴을 또 다른 사람의 얼굴과 바꿔치기하여 마치 그 사람이 그런 행동을 하는 것처럼 꾸미는 기술이었다.

사실 CG(컴퓨터 그래픽)를 응용한 기술로써 할리우드에서 영화제작할 때 많이 사용되었다.

배우들의 안전이나, 실사로 구현이 힘든 장면을 보다 저렴하게, 혹은 보다 완벽하게 구현하기 위해 개발한 기술이다.

초기에는 이런 CG 기술이 발달하지 못해 많은 비용이 발생했지만, 컴퓨터 그래픽 기술이나 데이터 전송 기술이 발전하면서 초기보다 훨씬 저렴하게 제작할 수 있게 되었다.

그러다 보니 집에서도 사람의 움직임은 물론이고, 얼굴까지 만들어 낼 수 있게 되었다.

하지만 기술의 발전은 언제나 좋은 쪽보다는 나쁜 쪽

으로 향하는 경우가 많았다.

그 흔한 예가 바로 원자력이다.

처음 원자력이 처음 발견되었을 때, 인류는 화석연료에서 벗어났다고 생각했다.

그만큼 원자력 에너지는 같은 양의 원료에서 석유나 석탄보다 훨씬 많은 에너지를 얻을 수 있기 때문이다.

그런데 이런 긍정적인 효과에도 불구하고, 가장 먼저 사용한 분야는 무기였다.

작은 크기로 도시 하나를 초토화시킬 수 있는 무기.

그것은 군대 지휘관에게는 전설의 명검과도 같은 것이었다.

그렇게 개발된 핵폭탄은 당시 세계를 뒤덮고 있던 제2차 세계대전의 종지부를 찍는 데 동원되었다.

인류는 뒤늦게 자신들이 만든 무기가 기존의 무기와 차원이 다르다는 걸 알아차렸다.

핵무기를 잘못 사용하게 되면 나라가 아닌, 인류 전체가 멸종될 수도 있는 아주 무서운 무기란 것을 알게 되었다.

그럼에도 인류는 한 번 개발된 핵무기를 놓지 못했다.

무서움을 알면서도 인류는 혹시나 미지의 적이 이와 같은 무기를 가질까 봐 걱정하며 경쟁적으로 핵무기를 개발해 왔다.

그 결과 현재 지구상에 있는 핵무기를 동시에 폭발시
킨다면 지구가 열 개 이상 있더라도 파괴할 수 있는 양
이 되어 버렸다.

그리고 이런 비상식적인 행동은 전혀 다른 분야인
CG 기술에서도 나오고 있었다.

자신의 즐거움이나 돈벌이를 위해 타인을 짓밟는 행
동을 하는 사람들이 생겨난 것이었다.

음란 동영상에 다른 사람의 얼굴을 가져다 붙이는,
일명 딥페이크 영상을 제작하는 사람들이 그중 하나였
다.

그들은 딥페이크 영상을 마치 진짜인 것처럼 성인 사
이트에 판매하거나, 혹은 돈을 뜯어내기 위해 협박용으
로 사용했다.

사내 또한 처음에는 단순히 직장에서 받은 스트레스
를 풀기 위해 몇몇 사진들을 조작하는 정도였다.

하지만 쾌락은 더욱더 강한 쾌락을 필요했다.

사내도 마찬가지로 처음에는 단순하게 누군가의 사진
을 합성하는 것에서 스트레스를 해소하다가, 동영상을
만들기 시작했다.

그렇게 또 얼마간 작업을 하다 보니, 이제는 포르노
사이트에 올라온 음란 영상을 다른 사람의 얼굴과 합성

하는 범죄의 길로 들어서게 되었다.

그런데 꼬리가 길면 잡힌다고 했던가.

단순 취미용, 혹은 스트레스 해소용으로 장난스럽게 하던 합성 영상을 직장 동료들과 돌려보다가 상사에게 들키고 말았다.

가진 기술이 컴퓨터 그래픽 디자인인데, 대한민국에서 이 직종의 문은 무척이나 좁았다.

한 다리만 거쳐도 누구나 알 수 있을 정도였다.

하여 사내의 범죄 이력이 업계에 널리 퍼지며 기피 대상이 되어 버렸고, 더 이상 관련 직종에 취업하기가 힘들어지면서 사내는 본격적으로 딥페이크 영상을 만들게 되었다.

그렇다고 사내가 동정 받을 만한 인물인 건 아니었다.

그는 직장에서 잘리고 나서도 자신의 잘못을 전혀 인정하지 않았다.

단지 누구나 한 번쯤 이런 식으로 장난쳐 봤을 것이라고 생각했다.

"2탄도 완성! 흐흐흐, 어떤 반응을 보이려나?"

사내는 오늘도 딥페이크 영상을 만들어 돈을 벌려고 하고 있었다.

요즘 인기 절정인 여자 아이돌 플라워즈.

그곳의 멤버 얼굴을 도용해 영상을 하나 만들었고, 곧장 소속사에 보냈다.

가짜이기는 하지만 자신은 돈만 벌면 그만이라고 생각했다.

만약 소속사가 이것을 덮기 위해 돈을 지불하지 않을 경우, 외국의 포르노 사이트에 판매하면 되는 아주 간단한 일이었다.

아니, 위험하긴 해도 외국의 포르노 사이트에 판매하는 것이 훨씬 많은 돈을 벌지도 몰랐다.

이번 타깃은 무명이 아닌, 아시아에서는 다섯 손가락 안에 들어가는 유명한 여자 아이돌 그룹이기 때문이었다.

"크리스탈 얼굴로는 됐고, 이번에는 누구 걸 만들어 볼까?"

플라워즈 멤버 다섯 명의 얼굴을 이용해 하나씩만 만들어도 다섯 개나 되는 딥페이크 영상을 만들 수 있었다.

＊　　　　＊　　　　＊

한빛 엔터의 직원들은 오늘도 분주하게 움직이고 있었다.

하지만 피로가 덕지덕지 쌓여 있는 눈빛 때문에 활기차 보이지는 않았다.

"어떻게 됐어?"

박인성 부장은 플라워즈 담당 매니저인 김찬성에게 물었다.

"딥페이크 영상인 것 같다고 합니다."

질문을 받은 김찬성 매니저가 얼른 대답했다.

플라워즈와 동고동락한 지 벌써 4년이나 되었고, 매니저 경력만 따지면 7년이나 되는 고참이었다.

덕분에 여러 방면에 인맥이 있었는데, 그걸 통해 알아본 결과 역시나 협박범이 보내온 동영상은 가짜가 맞았다.

하지만 너무나도 정교하게 만들어졌기에 전문가가 아니면 쉽게 분간하기 어려울 정도로 진짜 같았다.

"하, 시발! 이게 무슨 일이야!"

박인성 부장은 단정하게 빗은 머리를 헤집으며 고함을 질렀다.

'그러게 말입니다.'

그런 박인성 부장의 모습에 김찬성 매니저도 속으로 소리쳤다.

박인성은 부장으로 진급한 뒤, 사실상 플라워즈에 손을 뗀 상태다.

물론 플라워즈도 그가 관리하는 영역 안에 있는 그룹이긴 하지만, 현재 그가 신경 쓰는 부분은 플라워즈의 후속 여자 그룹 '분비'였다.

그에 반해 김찬성 매니저의 경우 로드에서 대리로 진급했다.

직책은 대리이지만, 실장이던 박인성 부장이 진급한 탓에 현재는 그가 박인성 부장을 대신해 플라워즈를 전담하고 있었다.

그러니 이번 문제는 전적으로 그의 실책으로 평가가 될 것이었다.

범죄자가 만든 동영상 하나로 인해 회사 내 평가가 하루아침에 바닥을 치고 말았다.

"그나마 이게 가짜란 것이 밝혀진 것이 어딥니까?"

속으로는 울고 싶었지만, 김찬성 매니저는 박인성 부장에게 위로의 말을 할 수밖에 없었다.

현재로서는 자신을 살려 줄 사람은 그뿐이니 말이다.

"하, 그나저나 애들은 어떻게 하고 있냐?"

박인성 부장은 잠시 숨을 고른 뒤 플라워즈 멤버들의 상황을 물어보았다.

그러자 김찬성 매니저가 한숨을 푹 내쉬었다.

"휴, 모두 숙소에서 한 발자국도 나오지 않고 있습니다."

문제의 동영상이 날아온 뒤 한빛 엔터는 플라워즈 멤버들의 모든 스케줄을 올 스톱시켰다.

언제 이번 문제가 불거질지 모르는 일이었다.

양해를 구할 수 있는 곳은 구하고, 말이 통하지 않는 곳에는 위약금을 물거나 딱 계약된 시간만 지키고 바로 스케줄을 끝내 버렸다.

그 때문에 일각에선 플라워즈가 뜨자 태도가 변했다는 말이 나오기도 했지만, 현재 상황으로서는 최대한 조심하는 수밖에 없었다.

하지만 그것과 별개로 그러한 소문들은 플라워즈의 컨디션을 최악으로 떨어트리고 있었다.

그도 그럴 것이, 대체적으로 활동적인 성향을 가지고 있는 그녀들인데 집에 콕 박혀 있어야만 하니 답답해 미칠 지경이었다.

이러한 점을 알기에 김찬성 매니저는 협박범이 보내온 동영상의 진위를 알아보는 와중에도 플라워즈 멤버들의 상태를 챙겼다.

＊　　　＊　　　＊

한빛 엔터에서 협박범으로부터 날아온 동영상 때문에 이것을 해결하기 위해 동분서주하고 있을 때 당사자들인 플라워즈 멤버들은 자신들의 숙소에서 한숨을 쉬고 있었다.

잡혀 있던 스케줄도 이번 일로 전면 취소가 되고, 그렇다고 밖으로 돌아다니기에는 얼마 전에 본 그 가짜 동영상이 너무 무서웠다.

분명 그 동영상이 가짜란 것을 알고 있다.

하지만 그 영상을 본 뒤로 그런 자신감이 흔들렸다.

누가 봐도 동영상 속 여자의 얼굴은 플라워즈 멤버 중 하나였기 때문이다.

"하… 입맛 없네."

딥페이크 영상을 생각하자 브런치마저 맛이 없었다.

하지만 아침까지 건너뛴 마당에 아예 굶을 수는 없었기에 억지로나마 입 안에 토스트를 넣고 있었다.

그런데 그때, 크리스탈이 토스트를 내려놓고 느닷없이 식탁을 내리쳤다.

쾅!

"왜? 무슨 일이야?"

다른 멤버들이 그녀를 돌아보며 물었다.

"아무리 생각해도 화나."

"맞아……."

크리스탈의 말에 지수는 씁쓸한 표정으로 답했다.

가만히 두 사람의 대화를 듣고 있던 지민이 혜윤의

방에서 나오는 혜리를 보며 물었다.

"혜윤 언니는 점심 어떻게 한대?"

"나중에 먹겠대."

플라워즈의 리더로서 아무리 힘든 일이 있더라도 다른 동생들을 챙기던 혜윤이었다.

그런데 현재 그녀는 모든 활동을 중단하고 칩거에 들어갔다.

다른 멤버들이 간간히 스케줄을 소화하는 것에 반해, 그녀는 아무런 활동도 하지 않고 숙소에서 나오지 않고 있었다.

그도 그럴 것이, 협박범이 보내온 동영상 속에 있는 인물이 바로 혜윤이었기 때문이다.

그녀로서는 정말로 억울한 일이었다.

어려운 가정 형편을 일으키기 위해 많은 것을 포기하고 이 자리에 올랐는데, 자신이 하지도 않은 행동에 이렇게 고통받아야 한다는 것이 너무나도 억울했다.

아무리 연예계가 비방과 비난, 그리고 억측이 난무한 곳이기는 하지만, 그곳에도 룰이란 것이 있었다.

하지만 이번 일은 그러한 룰은커녕, 그냥 모든 걸 뒤집어쓰고 피해를 봐야만 하는 상황이었다.

더욱이 그녀가 힘든 것은 이런 사실이 자신이 좋아하는 수호에게 알려지는 것이다.

비록 삼촌과 조카 사이라고는 하지만, 엄밀히 따져 피 한 방울 섞이지 않은 남이었다.

3년 전 동남아의 환상적인 섬에서 처음 그를 보고 첫눈에 반해 버렸다.

처음에는 자신 또래로 보이는데다가 건장한 체격과 잘생긴 외모에 반했다.

무엇보다 아무것도 없는 자연에서 별다른 도구 없이 불을 피우고 먹을 것을 구해 오는 모습에 남성미를 느꼈다.

하지만 그때까지만 해도 이 남자가 아니면 안 된다는 생각까진 아니었다.

단 하루만 촬영을 하고 떠난 수호이기에 인연은 거기까지라고만 생각했다.

그런데 수호와의 인연은 그것이 끝이 아니었다.

야생의 법칙 촬영을 끝내고 돌아온 지 몇 달이 지난 어느 날, 지방 스케줄을 마치고 돌아오던 길에 혜윤은 깡패들의 습격을 받아 위기에 처해 있었다.

그런 상황에서 마치 영화 속 슈퍼히어로처럼 등장한 그의 모습에 혜윤은 수호에게 완전히 빠져 버렸다.

그때부터였다.

혜윤은 삼촌과 조카 사이라며 거리를 두려는 수호에게 한없이 빨려 들어가면서도, 그가 싫어할까 봐 계속해서 적당한 거리를 유지했다.

뿐만 아니라 수호가 링링과 호텔에 함께 있는 모습을 보았을 때도, 마음이 아파도 참고 견뎠다.

언젠가는 자신을 돌아봐 줄 날이 있을 것이라 위로하면서 말이다.

하지만 이번 동영상 문제는 달랐다.

자신의 잘못이 아니라 해도 혹시나 그가 이 동영상을 보고 자신을 헤픈 여자라 생각하면 어쩌나 하는 걱정이 들었다.

"하~"

혜윤은 깊은 한숨을 내쉬며 눈을 질끈 감았다.

＊ 　 　 ＊ 　 ． 　 ＊

"아직도 그대로야?"

늦은 시각, 스케줄을 끝마치고 온 지수는 숙소에 들어오자마자 바로 혜윤의 상태를 물어보았다.

브런치로 먹던 토스트가 식탁에 그대로 놓여 있는 것이 보였기 때문이다.

다른 멤버들은 이미 자신의 몫을 모두 먹었고, 남은 것은 혜윤의 것 하나뿐이었다.

"응. 혜윤 언니는 방에서 한 발자국도 안 나왔어. 이러다 언니 큰일 나는 거 아니야?"

혜리는 지수의 질문에 굳은 표정으로 대답하며 눈물을 글썽였다.

혜윤은 벌써 며칠째 식사도 거르고 방에서 나오지 않고 있었다.

"언니, 우리 삼촌한테 한 번 말해 보는 게 어때?"

가만히 앉아 있던 크리스탈은 조심스럽게 자신의 의견을 이야기했다.

플라워즈 멤버들은 혜윤이 수호를 어떻게 생각하고 있는지 잘 알고 있었다.

다만, 본인이 삼촌 이상의 관계로 발전하는 것을 막고 있기에 그녀들 또한 더 이상 두 사람의 관계에 끼어들지는 않고 있었다.

더욱이 혜윤이 어떤 마음을 가지고 수호를 생각하는지, 그리고 무엇 때문에 이렇게 전전긍긍하면서 방에서 나오지 않고 있는지를 너무나도 자 알기에 그동안 연락을 하고 싶어도 참고 있었다.

하지만 이대로 가다가는 혜윤에게 뭔가 큰 일이 생길 것만 같았다.

"그래요, 언니! 크리스탈 말처럼 이대로 가다가는 혜윤 언니 큰일 나겠어."

혜리 또한 크리스탈의 말에 동조하며 지수를 계속 재

촉했다.

그런 두 동생들의 이야기에 지수는 가만히 있는 지민을 보며 물었다.

"지민아, 네 생각은 어때. 이대로 혜윤 언니를 가만히 두고 보는 게 좋을까? 아니면 수호 삼촌에게 도움을 요청하는 게 좋을까?"

지수가 질문하자 크리스탈과 혜리까지 지민을 돌아보며 그녀의 대답을 기다렸다.

하지만 두 사람은 지민의 대답을 기다리는 중에도 눈빛으로 제발 수호에게 연락하자고 말해 달라는 듯 신호를 보냈다.

그런 두 사람의 뜻이 통했는지, 지민도 두 사람과 비슷한 이야기를 했다.

"혜윤 언니라면 우리의 결정을 싫어할지 모르겠지만, 이대로 두면 혜윤 언니뿐만 아니라 회사와 우리도 큰일 날 거야."

"회사랑 우리?"

"응. 너희도 함께 봤잖아. 그 동영상은……."

"흡!"

지민의 말에 무엇을 떠올렸는지 크리스탈과 혜리는 급히 한 손으로 입을 틀어막았다.

정말이지 그 동영상은 한 사람을 파멸로 몰아넣기 충

분한 내용이었다.

국내 탑 아이돌 그룹인 플라워즈다.

그리고 플라워즈에서 가장 인기가 많은 것은 통통 튀는 막내 크리스탈이지만, 그에 버금가는 인기를 갖은 사람이 바로 리더 혜윤이었다.

혜윤은 이제 스물세 살.

생명력 넘치는, 그래서 화사한 붉은빛 장미 같은 그녀는 상황에 따라서 크리스탈의 인기를 압도하기도 했다.

그런 혜윤이 포르노에 가까운 음란 동영상을 찍었다면 어떻게 될까.

보지 않아도 결과가 정해진 것이나 다름없었다.

아이돌을 좋아하는 팬들은 자신들의 니즈를 충족시켜주는 스타에 열광하면서도, 또 반대로 그런 스타들이 몰락하는 것을 보는 것 또한 즐겼다.

연예인이 스타가 되는 것은 피나는 노력과 작은 행운이 깃들여지며 탄생한다.

하지만 그 안에 스타가 되기까지 얼마나 노력하고, 고생했는지는 중요치 않다.

그저 화려한 모습에 열광할 뿐이었다.

하지만 몰락한 스타가 되는 것은 정말이지 별것 아닌 사소한 일로도 가능했다.

그런데 만약 그것이 스타의 아주 음밀한 사생활, 그것도 그러한 동영상이 유출된다면 보나마나 빤했다.

팬들은 물론이고, 이때다 싶어 먹이를 향해 달려드는 피라니아와 같은 연예부 기자들은 그 사람을 난도질을 해 댈 것이다.

그 스타를 좋아하던 팬들도, 그리고 그 스타를 싫어하던 안티들도 모두가 달려들어 산 사람을 생매장을 하듯 조리돌림할 것이 빤했다.

게다가 혜윤 하나로 끝나지는 않을 것은 분명했다.

지금이야 혜윤 한 사람의 동영상이었지만, 가짜 동영상을 만든 협박범이 그것 하나만 만들었다고 믿기는 어려운 일이다.

"설마?"

"설마, 뭐?"

혜리가 설마라고 놀라고 있을 때, 아직 상황 파악이 덜 된 크리스탈이 무슨 일이냐며 물었다.

그런 크리스탈을 보며 지민이 계속해서 이야기를 했다.

"어쩌면 우리 것도 있을지 몰라."

"우리? 설마……."

지민의 말에 고개를 갸웃거리며 질문하던 크리스탈도 뭔가 떠오르는 것이 있는지 말을 멈췄다.

"그래. 협박범이 회사로 보낸 가짜 동영상이 언니 것만 있을 거라고는 생각하지 않아. 어쩌면 지금 우리 걸 만들고 있을지도 몰라."

말을 하던 지민의 눈빛이 차갑게 식어 갔다.

혜윤만큼은 아니지만, 지민의 집도 형편이 좋지 못했다.

그래서 지민은 박인성 부장이 연기에 관심이 있냐는 질문을 했을 때, 얼른 그렇다고 대답했다.

아이돌의 수명은 그리 길지 못하다.

보통 아이돌 그룹은 데뷔하고 7년차가 되면, 거의 대부분 해체하여 각자 갈 길을 간다.

아니, 어떤 아이돌 그룹의 경우 데뷔 후 인기를 끌지 못하면 바로 사라지기도 하고, 인기가 있다고 해도 탑 티어가 아니라면 5년을 버티기가 힘들었다.

그렇기에 지민도 플라워즈의 해체 이후를 대비해야만 했다.

하여 선택한 것이 바로 연기.

여자 아이돌이다 보니 인물도 되고, 연기도 그럭저럭 소질이 있다는 소리도 들었다.

그리고 결과적으로 그런 그녀의 선택은 옳았다.

여자 아이돌뿐만 아니라 연기자로서도 인정을 받았다.

물론 아이돌의 인기보다는 못하지만, 연기자로서도 나쁘지 않다는 반응이었다.

이대로만 가면 지민은 그룹이 해체가 되더라도 연기자의 길로 자리를 잡을 수 있을 것 같았다.

다른 멤버들이 그녀의 생각을 알게 된다면 그녀에게 크게 실망하겠지만, 어쩔 수 없었다.

그녀의 집에서 희망은 그녀뿐이었으니까.

아무튼 현재 회사로서는 이번 일을 해결할 능력이 부족해 보였다.

수호 삼촌이 자신들을 위해 많은 것을 해 주고, 또 상당히 친해지긴 했지만, 엄밀히 따지면 그는 완벽한 남이었다.

과연 이번에도 자신들에게 도움을 줄지 고민해 봤지만, 그럴 필요가 없었다.

애초에 다른 방법이 떠오르지 않은 탓이었다.

게다가 깡패들에게서 자신들을 구해 줬는데, 이번에도 도움을 줄 수도 있지 않을까, 라는 대책 없는 희망도 이런 결정을 하는 데 한몫했다.

"얼른 연락해 보자."

지민은 먼저 말을 꺼낸 지수를 보며 재촉했다.

하지만 수호에게 먼저 연락을 한 것은 막내 크리스탈이었다.

"내가 할게!"

"어?"

누가 말리기도 전에 크리스탈은 자신의 전화기를 들고 수호에게 연락했다.

"삼촌!"

크리스탈은 수호가 전화를 받기 무섭게 현재 자신들이 처한 상황을 설명하기 시작했다.

＊　　　＊　　　＊

수호는 자신을 납치하려고 한 중국 정부에 대한 압박카드로 대만과 인도에 힘을 실어 주었다.

특히나 인도의 경우 중국의 15식 경전차에 맞설 수 있는 K―21―105 경전차의 성능을 만족스러워했다.

뿐만 아니라 바즈라에 사용될 초장거리 포탄까지 수입하게 되자 무척이나 기뻐했다.

현재 인도는 중국뿐만 아니라 한때는 한 국가이던 파키스탄과도 종교 문제로 전쟁을 치르고 있었다.

물론 파키스탄과 전면전을 벌이는 것은 아니었다.

하지만 분쟁 지역인 카슈미르에서는 지금 당장 포탄이 날아들고, 전투기가 출격해 폭격을 해도 이상이 없을 정도로 첨예하게 대립하고 있는 중이다.

그런 때에 무려 사거리가 300㎞나 되는 특수 포탄을 수입할 수 있게 되었으니 기분이 좋을 수밖에 없었다.

사거리가 300㎞면 미사일이나 마찬가지였다.

한데 중간에 요격이 불가능한 포탄이다 보니 화력은 조금 떨어지더라도 충분히 전술적으로 운영이 가능했다.

이에 고무된 인도는 SH항공에서 생산될 다목적 전투기인 KFA—01 편전 100대를 구입하길 원했다.

뿐만 아니라 100대 구입 후 성능이 마음에 들면 추가 구매 계약하기로 했다.

수호는 단지 중국을 향한 복수로 중국과 대립하고 있는 나라인 대만과 인도에 무기 판매를 한 것뿐이었지만, 이로 인해 막대한 이익을 챙기게 되었다.

다만, 또 다른 압박 카드로 테벳과 신강에서 100명씩 차출하여 군사훈련을 시키는 일에 많은 돈이 들어간다는 것이다.

하나 그러한 지출도 이번 인도와 대만에서 벌어들인 걸 생각하면 그리 많은 건 아니었다.

"대만과 인도에 무기 판매하는 걸로 무슨 말이 나오지 않겠지?"

[대만은 상관없지만, 인도의 경우 KFA—01 납품에 대해 UAE에서 말이 나올 수 있습니다.]

"아!"

슬레인의 지적에 수호는 순간 자신이 복수만을 생각하다 무엇을 놓쳤는지 깨달았다.

"이거 내가 실수를 했네."

[다른 당근을 준비하시면 괜찮을 것 같습니다.]

"당근?"

[예. UAE도 호르무츠 해협을 두고 이란과 대립하는 나라이니, 그곳에도 155㎜ 포탄을 수출하면 좋아할 겁니다.]

슬레인은 현재 UAE가 처한 상황을 언급하며, 수호의 잘못을 만회할 방법을 알려 주었다.

"하지만 포탄을 수출하려면 썬더가 있어야 하잖아. 그런데 UAE에는 무기 금수 조치가 돼 있고."

썬더란 대한민국의 명품 자주포인 K—9의 이름이었다.

한때 UAE도 이란의 위협에 대비하기 위해 K—9 썬더를 구매하길 원했다.

하지만 계약 직전까지 갔다가 독일의 반대로 계약이 무산되었다.

UAE가 예맨 내전에 개입했다는 이유로 무기 금수 조치를 하였고, 독일산 엔진이 들어간 한국의 K—9 썬더도 수출을 금지했다.

그런데 웃긴 건 자신들도 필요에 따라선 분쟁에 개입

한 나라에 무기를 수출한다는 것이다.

이런 것을 보면 K—9 썬더와 경쟁하는 자국의 전차인 PZH—2000을 팔기 위한 견제가 아닌가 하는 시선이 많았다.

어찌 되었든 그 일로 성사 직전까지 간 K—9 썬더의 판매는 불발로 끝났다.

"아, 그러고 보니 그 문제라면 이미 해결되지 않았나?"

[네. 엔진 국산화에 성공했습니다.]

"그럼 된 거네."

수호는 슬레인의 대답을 듣고 판단했다.

[예, 맞습니다.]

"그럼 K—9 썬더의 수출도 함께 추진하면 되겠다."

[대화디펜스가 이번에도 대박을 치겠군요.]

수호의 말에 슬레인은 K—9 썬더를 생산하는 대화디펜스를 언급했다.

"그러게, 인도에 이어 UAE에서도 대박이 나겠군."

대화디펜스는 SH화학의 도움으로 인도 육군이 요구한 성능을 재현함으로써 경전차 사업의 계약에 성공을 거뒀다.

인도의 경전차 사업은 무려 1조 원 대의 구매 계약으로, 전투기나 군함의 구매 계약을 빼면 엄청난 규모라고 할 수 있었다.

그런데 대화디펜스는 한 번에 1조 원 대의 무기 판매 계약을 체결했다.

이는 대화디펜스가 방위 사업 측면에서 상당한 규모를 가지게 만들었다.

국제적 무기 판매에서 이런 대형 계약의 성사 여부는 상당한 작용을 한다.

자국과 타국에 얼마나 판매했느냐는 그 제품의 우수성과 신뢰성을 나타내는 지표이기 때문이다.

그걸 보면 대화디펜스는 이젠 국내에서만이 아닌 국제적으로도 이제는 신뢰할 수 있는 방산 업체로 자리를 굳힌 것이라 볼 수 있었다.

그런 대화디펜스가 이번에는 한 번 실패를 한 UAE에 대규모 계약을 따낸다면 어떻게 될까.

이미 예전의 약점으로 거론된 엔진 문제를 해결하여 수출의 걸림돌은 사라진 상태다.

더 이상 독일의 방해로 사업이 엎어질 염려가 사라진 것이다.

다만, UAE가 다시 자주포 획득 사업을 추진할지 알 수 없었다.

하지만 크게 걱정되지는 않았다.

수호가 초장거리 포탄을 판매할 의향이 있다는 것만

알려도, UAE에서 발 벗고 나서서 엎어진 사업을 다시 추진할 것이 분명했기 때문이다.

이렇게 수호가 자신이 놓치고 있던 것에 대한 대책을 세우고 있을 때, 전화벨이 울렸다.

위이잉—

'어, 크리스탈이네?'

전화기를 들던 수호의 눈에 액정에 크리스탈의 이름이 떠 있었다.

"여보세요? 네가 웬일이야?"

두 달 전 야생의 법칙을 촬영하고 난 뒤로 처음 연락하는 거였다.

당시 중국의 일로 바쁜 나머지 뒤풀이도 참석하지 못한 수호였기에 오랜만에 연락한 크리스탈의 전화를 반갑게 받았다.

하지만 그녀가 전해 온 내용을 듣고는 표정이 와락 구겨졌다.

자신의 은인인 혜윤을 협박하다니.

그것도 여자 연예인에게 가장 치명적인 음란물을 가지고 말이다.

처음에는 크리스탈의 이야기에 장난하는 것으로 생각했다.

이젠 성인이 되었다고 하지만, 그녀들의 평균 나이는

이제 겨우 스물한 살일 뿐이다.

　무슨 정신으로 그런 내용의 동영상을 만들어 협박하려 했는지 정말 화가 났다.

　"알았다. 삼촌이 해결해 줄게. 너무 걱정하지 말고 기다려."

　수호는 으드득 이를 갈며 통화를 마쳤다.

　그동안 중국 일로 그녀들에게 신경을 쓰지 못하고 있는 동안 날파리가 꼬여 버렸다.

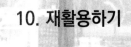

10. 재활용하기

우라노스에서 내린 수호는 천천히 한빛 엔터 안으로 들어갔다.

　이미 몇 차례 방문해 본 적이 있고, 플라워즈와 좋은 인연이 계속되면서 한빛 엔터의 대주주가 되기도 하였다.

　덕분에 경비원과 안내 데스크의 직원들도 이미 수호의 얼굴을 알고 있어 그를 제지하는 사람은 아무도 없었다.

　"박인성 부장님 안에 계신가요?"

　"네, 불러드릴까요?"

안내 데스크에 다가간 수호가 묻자, 직원이 얼른 수호의 질문을 받아 물었다.

"아니요. 위치만 알려 주시면 됩니다."

"3층으로 가시면 됩니다."

"네, 그럼 수고하세요."

박인성 부장의 위치를 전해들은 수호는, 데스크 직원에게 인사하고 발걸음을 돌렸다.

＊　　　＊　　　＊

박인성 부장은 플라워즈에 닥친 문제를 해결하기 위해 동분서주하고 있었다.

"부장님, 그놈에게서 또 연락이 왔습니다."

직원 한 명이 정신없는 박인성 부장을 불렀다.

"또 뭐라고 협박을 하든?"

협박범은 이틀에 한 번꼴로 한빛 엔터로 연락하여 협박하고 있었다.

자신의 요구를 들어주지 않으면 문제의 동영상을 유포하겠다는 것이다.

마음 같아선 가짜란 것이 밝혀지자마자 바로 검찰에 고소하고 싶었지만, 이후의 일을 생각해서라도 그럴 수가 없었다.

그도 그럴 것이, 대중들 중에는 이 가짜 동영상을 진짜라 믿는 사람이 있을 게 빤하기 때문이다.

어찌어찌 영상이 가짜란 것을 밝혀내더라도 믿지 않는 사람은 분명히 나올 것이다.

그리고 이 영상은 플라워즈가 해체가 되더라도 계속해서 인터넷상에 떠다닐 것이다.

게다가 회사에서 새로운 신인 그룹을 내놓을 때마다 한 번씩 거론될 것은 당연했다.

그렇기 때문에 박인성 부장은 협박범이 자신의 눈앞에 나타나기만 한다면 그냥 갈아 마시고 싶을 지경이었다.

"바쁘신가 보군요."

언제 다가왔는지 그의 뒤로 수호가 다가와 있었다.

"이런 언제 오셨습니까?"

갑자기 나타난 수호를 본 박인성 부장이 깜짝 놀라 물었다.

예전에는 그저 단순하게 위기에서 구해 준 고마운 존재.

그리고 한 번쯤은 연예계로 데뷔시켜 보고 싶은 잘생긴 외모의 남자 정도로 인식했다.

하지만 이제는 아니었다.

자신이 다니고 있는 직장의 대주주 중 한 명이고 자

신이 담당하던 아이돌 그룹의 든든한 후원자이자, 대한민국에서 알아주는 기업인이기도 했다.

이제 겨우 30대 초반의 젊은 사람인데, 수호는 자본금만 수천억, 아니, 수조 원대의 거대한 기업을 운영하는 CEO였다.

한편 플라워즈 멤버들의 사회 경험은 연예계에 한정되어 있었다.

그 탓인지 수호를 편하게 대하고 있지만, 박인성 부장은 그런 플라워즈 멤버들의 그런 행동을 말리고 싶었다.

물론 자신도 그저 회사에 다니는 직장인이었다.

다만, 사무실에 앉아 있는 일반적인 직장인이 아닐뿐이다.

매니저라는 직업은 발로 뛰고, 사회 전반에 걸친 이슈를 알아야 대응할 수 있는 직업이다.

그러니 항공과 선박은 물론이고, 화학 등 여러 분야에 걸쳐 사업을 하고 있는 수호를 단순하게 자신보다 나이가 어리다고 아무렇지 않게 대할 수 없었다.

예전에 인연을 맺은 당시를 생각하면 정말이지 자다가도 이불 킥을 할 정도였다.

그래도 이런 대단한 사람과 인연을 맺었다는 것만으로도 박인성 부장은 성공한 것이나 다름이 없었다.

실제로 한빛 엔터 내에서도 이런 인맥이 보이지 않게 작용하고 있기도 했다.

"이제 막 왔습니다. 그보다 그동안 제가 일 때문에 바빠 아이들을 챙기지 못했는데, 무슨 문제가 생겼다고 들었습니다."

'아!'

박인성 부장은 수호의 이야기에 깜짝 놀랐다.

그리고 마음 한편으로는 조금 전까지 자신을 짓누르던 무언가가 사라지는 듯한 느낌을 받았다.

"혹시 들으셨습니까?"

수호의 질문에 박인성 부장은 조심스럽게 물었다.

물론 수호에게서 대답을 듣길 바라며 물어본 것은 아니었다.

"음… 일단 자리를 옮기고 이야기를 나누시죠."

박인성 부장은 자신이 실수했다는 것을 깨닫고 얼른 말을 바꿔 자리를 안내했다.

＊　　　＊　　　＊

"대주주님께서 이렇게 찾아 주신 것에 죄송하다는 말씀밖에 드릴 수가 없습니다."

한빛 엔터의 사장 한광희는 자신의 맞은편에 앉아 있

는 수호를 보며 고개를 숙였다.

"아닙니다. 잘못은 협박범이 한 것이잖습니까. 사장님께서 제게 사과할 필요는 없을 것 같습니다."

"그래도 신경을 많이 쓰셨을 테니……."

한광희 사장은 말끝을 흐리며 수호의 눈치를 살폈다.

부드럽게 말한 수호였지만, 표정은 딱딱하게 굳어 있는 탓이었다.

"신경은 한 사장님과 박 부장님이 더욱 쓰셨겠죠. 저야 이 소식을 이제야 들었으니까요."

"그, 그게……."

한광희 사장에게 잘못이 없다고 말했지만, 실상은 왜 자신에게 일찍 알리지 않았느냐는 질책이었다.

수호가 따로 알아본 바로는 한빛 엔터가 스스로 해결할 수 있는 내용이 아니었다.

예전처럼 조악한 기술로 짜깁기를 한 영상이 아닌, 현대의 정교한 CG 기술을 이용한 딥페이크 영상이었다.

그러다 보니 전문가가 아니면 진짜와 가짜를 구별하기 무척이나 어려웠고, 당연하게도 일반 대중들은 쉽게 속을 것이다.

이를 해결할 방법?

힘으로 누르는 수밖에 없었다.

다른 사람도 아니고 이미지로 먹고사는 연예계에서, 그것도 여자 아이돌의 음란 영상물이 공개된다는 것은 치명적이었다.

그게 진짜든 가짜든 상관없이, 상황은 끝도 없이 안 좋은 방향으로 흐를 수밖에 없었다.

하여 수호는 일단 자신이 할 수 있는 방법을 총동원하기로 했다.

가짜 동영상을 만들어 협박하고 있는 범인을 조사하는 한편, 혹시라도 외부로 유출되었을 때 사전에 차단하기 위해 힘을 쏟았다.

이러한 것들은 생각보다 시간이 걸렸다.

그 탓에 크리스탈에게 연락을 받은 뒤 며칠이 지난 지금에서야 한빛 엔터를 찾아온 것이었다.

"동영상을 가져와 주시겠습니까?"

일단 당장 할 수 있는 건 조치했으니 동영상을 볼 차례였다.

잠시 뒤 박인성 부장은 급히 자신의 사무실에서 태블릿 PC를 가져와 수호에게 건넸다.

"여기 있습니다."

"감사합니다."

태블릿 PC를 받자 수호의 왼쪽 손목에 채워져 있던 은색 팔찌가 살아 있는 것처럼 움직였다.

아무도 보지 못하게 움직이던 팔찌는 그대로 태블릿 PC로 스며들었다.

스르륵—

팔찌의 정체는 바로 슬레인의 본체 중 일부였다.

평소에는 수호가 착용하고 있는 스마트 워치에 들어가 있지만, 필요에 의해선 다른 통신기기에도 기생이 가능했다.

'자리 잡았어?'

[네. 바로 조사하겠습니다.]

슬레인의 답을 들은 수호는 태블릿에 실행되고 있는 동영상을 조용히 바라봤다.

아니, 정확히 말하자면 한광희나 박인성 부장에게만 그렇게 보이는 것이었는데, 수호와 슬레인은 텔레파시를 주고받으며 동영상의 정보를 속속이 파헤치고 있었다.

[일본의 AV 비디오 파일을 이용한 겁니다.]

불과 3분여에 불과했지만, 슬레인은 동영상의 원본을 알아냈다.

'일본 AV?'

[네. 한국에는 그렇게 잘 알려지지 않은 무명 배우로, 온라인상에 유포된 비디오도 겨우 두 개에 불과합니다.]

슬레인의 이야기를 들은 수호는 눈을 반짝였다.

협박범은 혹시라도 조사가 들어올 것을 대비해 일본의 AV 비디오 영상을 이용하면서도 잘 알려지지 않은 것을 이용하는 치밀함을 보였다.

만약 슬레인이 아니었다면 찾아낼 엄두도 내지 못할 일이기에 수호는 범인에 대해 지금까지의 생각을 접고 다시 생각하게 되었다.

"파일은 이게 전부입니까?"

동영상에서 시선을 뗀 수호가 한광희 사장에게 질문했다.

"네. 동영상 파일은 그게 전부입니다."

한광희 사장을 보며 질문을 했지만, 대답을 한 것은 부장인 박인성 부장이었다.

이번 문제는 많은 사람이 알아봐야 문제가 해결되는 것이 아니었다.

오히려 그럴수록 비밀이 세나갈 위험성만 커지는 일이기에 플라워즈의 담당인 박인성 부장만 나서 이번 문제 해결을 전담으로 맡기로 했다.

"그럼 제가 이걸 가져가도 되겠습니까?"

질문을 하는 수호였지만, 그의 눈빛은 단순한 부탁이 아니었다.

아니, 눈빛을 보면 오히려 강요로 보일 지경이었다.

사실… 강요가 맞았다.

문제를 해결할 능력이 되지 않는 이들이 문제가 될 동영상을 가지고 있다가는 다른 루트를 타고 유출될 수도 있는 노릇이다.

그럴 바에야 수호가 확실히 처리하는 것이 나을 터. 그래서 이렇듯 강하게 요청한 것이었다.

"그건……."

박인성 부장은 느닷없는 수호의 요구에 놀라 사장인 한광희를 돌아보았다.

아무리 대주주라 하지만 이런 문제가 많은 동영상을 요구하는 것은 선을 넘은 것이다.

수호가 선을 넘었다고 판단한 박인성 부장은 표정을 굳혔다.

"아무리 대주주라 하지만……."

"그만!"

그가 뭐라 말을 하려는데, 사장인 한광희가 그런 인성의 말을 중간에 잘랐다.

"사장님!"

"그만 해, 박 부장."

무슨 말을 더 하려는지 박인성 부장이 한광희를 보며 그를 불렀다.

하지만 한광희 또한 차갑게 굳은 표정으로 박인성 부장에게 거듭 말을 멈출 것을 지시했다.

이에 박인성 부장은 할 수 없다는 표정으로 그에게서 시선을 돌렸다.

조금 전까지 반갑게 맞아 주던 표정은 오간 데 없이 차갑게 수호를 보고 있었다.

그러거나 말거나 수호는 애초에 이들의 요구를 들어 줄 생각이 없었다.

해결할 수 없는 문제를 껴안고 있기만 한다고 해서 문제가 저절로 풀리지는 않는다.

"아이들의 부탁도 있고 해서 이번 문제는 제가 해결할 생각입니다. 그러니 그렇게 아시고 제가 연락을 할 때면… 아니, 협박범이 다시 연락을 하면 이 번호로 연결해 주십시오."

수호는 아예 이들에게 이번 문제에서 손을 떼라고 요구했다.

이런 수호의 말에 한광희는 순간 어떻게 판단을 내려야 할지 갈피를 잡을 수가 없었다.

처음 수호를 보았을 때는 그저 단순히 군인 출신의 부잣집 도련님이라고만 느꼈다.

그러다 나중에서야 수호가 어떤 존재인지 알게 되면서 위치가 바뀌었다.

수호에 대해 몰랐을 때는 그냥 자신이 데리고 있는 소속 연예인을 위기에서 구해 준 존재이고, 또 플라워즈와 연이 있다 보니 홍보에 이용해도 좋을 것 같아 만나는 것을 허락해 주었다.

그런데 나중에야 수호가 한빛 엔터의 주식도 보유하고 있다는 것을 알게 되었다.

또 한빛 엔터와는 비교도 되지 않는 기업의 경영자란 것도 알게 되면서 함부로 대할 수 없게 되었다.

그 영향으로 플라워즈 또한 한광희 사장이 컨트롤할 수 없게 되었지만, 한광희는 이것이 나쁘다고 생각하진 않았다.

어차피 엔터테인먼트도 일반 기업처럼 돈을 벌기 위해 설립된 회사다.

다만, 이들이 파는 것이 어떤 특정한 물건이 아닌, 꿈과 이상 같은 이미지를 파는 것이 다를 뿐이다.

한광희 사장의 입장에서 위치가 애매한 플라워즈가 수호와 연관이 되면서 적은 비용으로 최대의 효과를 내고 있으니, 굳이 터치를 하여 둘의 관계를 떼어 놓을 필요가 없었다.

이번에도 마찬가지다.

'이것도 나쁘지 않아.'

생각을 해 보면 자신들이 끌어안고 가 봐야 해결되지 않는 일이었다.

혜윤이 자신은 아니라고 했지만, 이제는 사실 여부가

그리 중요하지 않았다.

박인성 부장에게 일임을 했다고는 하지만, 사장인 한광희도 놀고만 있던 것은 아니었다.

여러 전문가들에게 물어보다가 협박범이 보낸 영상이 요즘 유행하고 있는 딥페이크 영상이라는 걸 알 수 있었다.

그와 함께 전문가들이 말한 해결법은 모두가 같았다.

하나 같이 협박범의 요구를 들어주고, 최소한의 피해로 막으라는 것이었다.

그리고 뒤이어 혹시 또 다른 딥페이크 영상을 만들어 두었을지 모르니, 플라워즈 대용으로 새로운 여자 아이돌 그룹을 준비하라는 조언도 해 주었다.

한빛 엔터도 플라워즈의 후배 여자 아이돌 그룹을 준비해 놓은 상태인 것은 맞다.

하지만 이런 상태에서 새로운 걸 그룹을 런칭한다고 해서 문제가 해결되는 것은 아니었다.

이미지를 먹고 성장하는 회사이다 보니, 한 번 이런 이미지가 무너지면 그 다음도 그 이미지에서 벗어나기 힘들다는 것이다.

기존 3대 기획사 정도의 힘을 가진 엔터테인먼트라면 전문가들의 조언에 따르겠지만, 아직 한빛 엔터의 규모로는 조언을 따르기에는 힘들었다.

무엇보다 현재 플라워즈가 한빛 엔터의 캐쉬 카우란 것이다.

그런 플라워즈가 무너지면 한빛 엔터 또한 그동안의 성장을 뒤로하고 나락으로 떨어질 것이 불을 보듯 빤했다.

그래서 어떻게든 문제를 해결하기 위해 전담반까지 꾸려가며 지금까지 끌어왔다.

"제 말을 고깝게 듣지 말아 주십시오. 플라워즈는 사장님께서 내치지 않는 이상 언제나 한빛과 함께할 것입니다."

무엇을 걱정하고 있는지 빤히 눈에 보였기에 수호는 일단 한광희 사장이나 박인성 부장을 달랠 겸 얘기했다.

그런 수호의 생각이 통했는지 굳어 있던 두 사람의 표정이 조금은 풀어졌다.

"그럼 어떻게 해결하시려고 하는 겁니까?"

박인성 부장은 달아오른 마음을 가라앉히고 수호에게 앞으로의 일을 물었다.

하지만 수호는 더 이상 이야기를 하지 않고 조용히 미소를 지어 보이기만 했다.

＊　　　＊　　　＊

쾅!

한빛 엔터에 전화를 건 주조민은 화가 나 책상을 내리쳤다.

주조민이 이렇게 화가 난 이유는 다름 아니라 자신이 한 협박이 먹히지 않았기 때문이다.

분명 한빛 엔터라면 자신이 보낸 동영상을 보았을 것이다.

만약 그게 외부에 알려지기라도 한다면 몰락까진 아니더라도 상당한 손해를 볼 것이 분명했다.

한데 무슨 배짱인지 자신의 요구를 거절했다.

"이렇게 나온단 말이지. 설마 내가 이걸 퍼뜨리지 않을 거라고 생각한 건가? 그렇다면 너흰 사람 잘못 본 거야."

아무리 생각해 봐도 한빛 엔터의 태도는 상식적으로 납득이 되지 않았다.

남자 아이돌도 아니고 여자 아이돌이었다.

더욱이 자신이 보낸 동영상 속의 인물은 누가 봐도 플라워즈의 리더 혜윤이었다.

자신이 플라워즈의 다른 멤버가 아닌 혜윤의 얼굴을 가져다 쓴 이유가 이었다.

혹시나 한빛에서 해당 멤버만 탈퇴시키고 일을 덮을

수도 있다고 생각하여 그러지 못하게 리더인 혜윤을 고른 것이다.

그럼에도 한빛이 이렇게 나올 줄은 예상하지 못했다.

"음, 어떻게 할까? 플랜 B로 넘어갈까? 아니면 무슨 이유로 내 요구를 거절한 것인지 좀 더 알아보는 게 좋을까?"

한빛 엔터에서 자신의 요구를 거절한 것 때문에 주조민은 혼자 고민하기 시작했다.

이들이 자신의 요구를 거절했다고 해서 곧바로 플랜 B로 넘어가기에는 뭔가 꺼림칙한 느낌이 들었다.

다른 해결책을 찾은 것일 수도 있고, 그걸 넘어 자신의 정체를 파악할 수도 있기에 주조민은 조금 망설여졌다.

거기까지 생각이 드니 불안함이 치밀었다.

과거 회사에서 잘린 정도는 약과일 게 빤하다.

만약 걸린다면 감옥에 갈 것이 분명하다.

꼬리에 꼬리를 무는 최악의 상황을 떠올리며 손톱을 깨물었다.

그러고는 이내 고개를 저었다.

"아니지, 모든 건 완벽했어. 나를 찾을 수 없을 거야."

자신을 찾을 방법은 없다.

지금껏 한빛 엔터에 연락할 때 모두 대포 폰으로 했으니 찾는 건 불가능할 것이었다.

절대 들키지 않을 거란 확신이 들자, 다시금 화가 치밀어 올랐다.

"도대체 왜! 왜 안 준다는 건데!"

아무리 생각해 봐도 한빛 엔터가 자신의 요구를 거절한 이유를 알 수가 없었다.

"이 새끼들, 날 피라미 취급하는 거 아니야? 한번 당해 봐야 내가 장난이 아니라는 걸 알지?!"

자신을 잡범으로 여기고 무시한 것이 분명했다.

"어디 두고 보자. 누가 이기나……."

*   *   *

"그놈에게 연락이 오면 제 번호로 바로 연결하라고 하지 않았습니까?"

수호는 박인성 부장과 통화하며 미간을 찡그렸다.

이렇게 손발이 맞지 않아서야 어떻게 일을 깔끔하게 마무리하겠는가?

박인성 부장이 자신의 말대로 협박범에게서 연락이 왔을 때, 바로 연결만 시켰더라면 바로 협박범의 위치와 정체를 밝혀낼 수 있었다.

한데 그 기회를 놓쳤다.

문제는 그뿐만이 아니었다.

자신이 아무리 대비를 해 놓았다고는 해도 모르는 일이었다.

혹시나 어느 곳에 구멍이 뚫리라도 한다면, 그렇게 영상이 사방으로 퍼져 나간다면 큰일이었다.

"알겠습니다. 이만 통화를 끊겠습니다."

뚝—

박인성 부장과 통화를 끝낸 수호는 곧장 슬레인에게 말을 걸었다.

"혹시 30분 전부터 15분 전까지 국내에서 통화한 사람들을 조회할 수 있어?"

수호는 이젠 어쩔 수 없다는 판단에 조금 무식한 방법을 사용하기로 했다.

박인성 부장이 협박범과 통화한 시간대의 사람들을 역으로 추적하는 것.

그 시간에 얼마나 많은 사람이 통화를 한 것이며, 그중 누가 협박범인지 찾는 것은 사실상 불가능한 일이었다.

물론 정상적인 방법을 사용했을 때의 일이다.

수호는 혜윤을 보호하기 위해 수단과 방법을 가리지 않기로 했다.

그러니 그 시각 한빛 엔터로 전화한 협박범을 알아내기 위해 수호는 통신사 메인 서버를 해킹하기로 결정했다.

그렇게 잠시 대기한 수호가 다시금 슬레인에게 물었다.

"어떻게 됐어?"

[알아냈습니다.]

마스터인 수호의 명령에 슬레인은 바로 한빛 엔터의 전화망을 해킹했다.

그러고는 협박범이 전화를 건 시각을 대조하여 외부에서 걸려 온 전화를 모두 걸렀다.

또 박인성 부장이 전화를 받은 회선을 찾아낸 뒤 역으로 추적했다.

협박범이 건 전화는 노숙자 명의로 된 대포 폰이었다.

보통이라면 거기서 막혔겠지만, 슬레인은 대포 폰의 발신 지점까지 알아내는 데 성공했다.

협박범은 대포 폰까지는 생각했지만, 방심한 것인지 자신이 살고 있는 곳에서 곧바로 한빛 엔터로 전화를 걸어 협박했다.

[협박범이 살고 있는 지역은 서울과 성남의 중간 지점입니다.]

"서울과 성남의 중간? 어디?"

하지만 기지국을 이용해 추적한 터라 대략적인 위치 밖에 알 수 없었다.

이 이상은 아무리 슬레인이라도 한계가 있었다.

[복정동이나 위례동쯤으로 파악되었습니다. 그 이상은 현장에 가서 다시 한번 협박범이 전화를 걸 때까지 기다려야 정확한 위치를 알 수 있을 것 같습니다.]

혹시나 하는 기대를 해 봤지만, 아무리 초인공지능 생명체인 슬레인이라도 불가능한 것은 불가능한 것이었다.

"휴, 그 정도만 해도 다행이네."

협박범이 있을 것으로 예상이 되는 지역을 대략적이나마 알게 된 수호는 자신의 애마인 우라노스에 올라타, 방금 전 슬레인이 알려 준 지역으로 빠르게 질주했다.

*　　　*　　　*

"이게 뭐야!"

주조민은 자신의 말을 듣지 않은 한빛 엔터에게 본때를 보여 주기 위해 컴퓨터를 조작해 포르노 사이트에 접속했다.

주조민이 접속한 포르노 사이트는 미국에 서버를 두

고 있는 외국의 것이었다.

만약 나중에라도 한빛 엔터에서 사이버 수사대에 수사 의뢰를 하더라도 바로 잡히지 않기 위해서였다.

그런데 만반의 준비를 하고 막 실행하려던 그때, 갑자기 서버가 먹통이 되어 버렸다.

탁탁!

"이거 왜 이래?"

아무리 키보드를 두드려 봐도 꼼짝도 안 했다.

주조민은 컴퓨터 본체를 두드려도 보고, 다시 재부팅을 해 보기도 했지만 문제는 해결되지 않았다.

"젠장, 어디서 인터넷 선 공사라도 하는 거 아냐?"

통신 회사에선 통신의 성능 향상을 위해 노후된 인터넷 회선을 교체하는 공사를 한다.

원칙대로라면 사용자의 불편을 최소한으로 하기 위해 사전에 공사의 공지를 하는 것이 맞았지만, 사실 이런 원칙은 잘 지켜지지 않았다.

그래서 주조민은 혹시나 자신이 살고 있는 지역에서 이런 공사를 하고 있는지 알아보기 위해 고객 센터에 전화를 걸었다.

"음……."

한데 이상하게 이 또한 먹통이었다.

"인터넷만 아니라 핸드폰도 먹통이네."

이상한 일이 계속되자 주조민은 문득 두려워지기 시작했다.

조금 전 이상한 느낌에 잠시 망설이던 때가 다시 떠오른 것이다.

*   *   *

수호는 성남시 위례동에 도착하여 어떤 건물을 보며 서 있다.

"여기가 맞아?"

건물을 쳐다보던 수호는 슬레인에게 이곳이 맞는지 물었다.

[예. 현재 협박범이 있는 위치는 3층입니다.]

"그래? 그런데 여기까지 오는 동안 그놈이 허튼짓을 하진 않았겠지?"

혹시나 하는 생각에 물었다.

본래라면 자신이 있던 서초에서 이곳 성남시 위례동까지 이동하는 데 한 시간 정도 걸린다.

하지만 수호가 이곳까지 오는 데 걸린 시간은 불과 20분.

40분이라는 시간을 단축하기 위해 수호는 중간에 있는 신호도 무시하고 달렸고, 그 바람에 단속 카메라에

찍히고 말았다.

그렇게 달려왔는데 혹시라도 협박범이 동영상을 인터넷에 올린다면 그동안의 수고가 말짱 꽝이 되어 버린다.

[걱정하지 않으셔도 됩니다. 그동안 이 일대의 통신망을 재밍해 두었습니다.]

수호의 지시는 없었지만 슬레인은 혹시 모를 일을 대비해 범인이 있는 지역 일대에 전파 재밍을 해 두었다.

재밍이란 고의로 전파를 발사해 통신을 방해하는 일을 말하는데, 재밍이 되면 송신은 물론이고, 수신까지 모두 막아 버리기에 군에서도 많이 연구가 되고, 활용하고 있는 방법이었다.

"잘했어."

수호는 자신이 명령을 하지 않았음에도 알아서 범인이 딴짓을 하지 못하게 막은 슬레인에게 잘했다고 칭찬했다.

주변에 주차를 한 수호는 어디론가 전화를 걸어 지원을 요청하는 한편, 협박범의 정확한 위치를 찾기 위해 잠시 기다렸다.

그렇게 얼마 지나지 않아 슬레인이 수호에게 말을 걸었다.

[찾았습니다.]

"그래? 이제 그놈 얼굴을 보러 갈 차례네."

수호의 얼굴에 싸늘한 미소가 걸렸다.

＊　　　＊　　　＊

흐릿한 백열등 불빛 아래.

퍽! 퍽!

한 사람이 검은 정장의 사내에게 두들겨 맞고 있었다.

"윽! 윽! 잘못했습니다. 제발……."

퍽! 퍽!

주조민은 계속해서 빌었다.

하지만 그를 두들기고 있는 사람은 일절 그에 반응하지 않고 계속해서 주먹을 휘둘렀다.

"아악! 살려 주세요."

퍽! 퍽!

주조민의 머리에는 보자기가 씌워져 있어 아무것도 보이지 않았다.

그러다 보니 몸에서 느껴지는 고통보다 아무것도 보이지 않고, 또 아무런 말도 없이 폭행만 기계적으로 하고 있는 상대에 대한 두려움이 가장 컸다.

그는 계속해서 잘못했다고 소리를 지르고 살려 달라

고 애원했다.

그렇게 얼마나 맞았을까. 영원할 것 같던 폭행이 멈췄다.

"잘못했습니다… 살려주세요. 제발… 흑흑흑."

폭행이 멈추자 주조민은 울면서 잘못했다며 빌고 또 빌었다.

하지만 아무리 빌어 봐도 그의 주변에서는 아무런 기척이 없었다.

끼이익!

바로 그때, 조용한 실내에 문이 열리는 소리가 들려왔다.

움찔!

순간적으로 두려움을 느낀 주조민은 자신도 모르게 몸을 한껏 움츠렸다.

"벗겨."

실내로 들어온 사람은 SH시큐리티의 사장인 김국진이었다.

한때는 국정원 간부이던 그이지만, 이제는 수호의 밑에서 일하게 된 김국진 사장이었다.

그런 그가 주조민을 내려다보고 있었다.

"헉!"

느닷없이 벗겨진 두건으로 인해 눈앞이 밝아지자 주

조민은 순간적으로 눈이 아파 신음을 흘렸다.

하지만 그것도 잠시, 어느 정도 빛에 익숙해지자 주변의 모습이 그의 눈에 들어왔다.

자신이 있는 곳을 확인한 주조민은 자신도 모르게 눈물을 흘렸다.

딱 봐도 누가 죽어도 아무도 모를 것 같은 그런 장소였기 때문이다.

더욱이 잡혀 온 자신은 지금까지 계속해서 폭행을 당했다.

얼마나 오랫동안 폭행당한지 알 수 없었지만, 하나만큼은 확실하게 알 수 있었다.

이들은 자신을 죽이더라도 쉽게 죽이지 않을 것이란 것을 말이다.

그러니 살고 싶으면 어떤 것이라도 이들에게 협조해야 한다는 것을 깨달았다.

"흠, 상태를 보니 이제 말할 수 있게 된 듯하군."

김국진 사장은 아주 나직한 목소리로 겨우 들릴까 말까 하게 중얼거렸다.

하지만 이를 듣고 있는 주조민의 귀에는 마치 천둥처럼 들려왔다.

꿀꺽!

주조민은 저도 모르게 마른침을 삼켰다.

"누가 시켰나?"

밑도 끝도 없는 질문이었다.

하지만 주조민의 귀에는 그 질문이 명확하게 들렸다.

'제길, 그것이구나.'

주조민은 방금 전 눈앞에 있는 남자가 한 질문에서 자신이 무엇 때문에 이곳에 끌려온 건지 알 수 있었다.

퍽! 퍽!

"윽!"

잠시 딴생각을 하고 있자 곧바로 폭행이 시작되었다.

"말하겠습니다! 말하겠으니 이제 그만… 윽!"

폭행을 당하면서 주조민은 급히 소리쳤다.

그렇지만 한 번 시작된 폭행은 쉽게 끝나지 않았다.

주조민은 바로 답하지 않은 것을 후회했다.

"윽! 제발요! 살려 주… 윽!"

이렇게나 계속해서 맞는데도 기절하지 않는 것이 너무나도 미칠 것 같았다.

차라리 기절하고 싶을 정도로 고통스러웠다.

척!

10여 분간 지속되던 폭행이 국진의 손짓에 의해 멈췄다.

"헉! 헉! 헉!"

폭행을 당하는 것도 꽤나 힘든 일이었다.

그 탓에 주조민은 바닥에 지렁이처럼 늘어진 채 숨을 헐떡였다.

그런 그를 내려다 보던 국진이 다시 한번 같은 질문을 던졌다.

"누가 시켰나?"

10분 전과 토씨 하나 다르지 않는 문장이었다.

"혼자, 저 혼자 했습니다."

이에 주조민은 말이 끝나기 무섭게 절규하듯 바로 대답했다.

혹시라도 자신의 대답이 늦으면 또다시 시작될 폭행이 두려웠기 때문이다.

"그래? 혼자서 그런 걸 만들 수 있다니, 재주가 아깝군."

그 정도의 기술을 가졌으면서, 그것을 올바른 곳에 사용하지 않고 남을 협박하는 용도로 사용했다는 것이 어처구니가 없었다.

물론 김국진 사장 또한 국정원에 있을 당시 이와 비슷한 일을 하기도 했다.

하지만 그때는 국익과 연관이 있는 일이기에 죄책감을 느끼지 않았다.

반면 눈앞에 있는 놈은 정상적으로 기술을 사용해도 많은 연봉을 받을 수 있을 것 같았다.

한데도 군이 이런 범죄를 저지른 것인지 이해할 수가 없었다.

'하긴, 이런 사람이 한둘이던가.'

인간의 욕심을 떠올린 김국진 사장은 주조민의 생각이 무엇일지 알 수 있었다.

돈을 벌기 위해서, 아니, 정확히 말하면 많은 돈을 벌기 위해서는 합법적인 방법만 사용해선 명확한 한계가 있었다.

그러니 인간은 욕심에 잡아먹혀 잘못을 저지르는 것이다.

그것이 지옥으로 들어가는 입구라 해도 말이다.

사실 주조민이 이곳 작업장에 오게 된 것은 슬레인 때문이다.

원래 수호의 생각대로 계획이 진행되었다면, 주조민은 더 이상 이 세상에 살아갈 수 없었다.

하지만 그의 재주가 쓸 만하다는 것을 알고 있는 슬레인이 수호를 설득했다.

슬레인은 앞으로 마스터인 수호가 하려는 일에 주조민이 도움될 것이라 판단했고, 그 탓에 주조민을 수호의 밑으로 끌어들일 계획을 세운 것이었다.

물론 그전에 주조민의 정신을 처음부터 끝까지 뜯어고쳐야만 했다.

그리고 그런 일에 특화된 사람이 김국진 사장이란 것을 잘 알고 있는 슬레인이 SH시큐리티에 있는 그를 불러 주조민의 교육을 맡겼다.

그렇게 진행된 결과가 지금의 모습이었다.

"어디에 있지?"

"무엇을 말입니까?"

"내 질문이 어려웠나?"

갑자기 싸늘하게 바뀐 목소리에 주조민이 얼른 대답했다.

"아닙니다. 제 집 컴퓨터에 모두 있습니다."

그런 주조민의 대답에 김국진 사장은 조용히 자신의 옆에 서 있는 남자에게 신호를 보냈다.

조금 전까지 주조민을 폭행하던 남자는 얼른 그곳을 빠져나갔다.

방금 전 주조민이 말한 것이 사실인지 확인하기 위해서다.

그렇게 자신과 김국진 사장만 남게 되자 주조민은 다시 한번 두려움에 떨었다.

'어디서부터 잘못된 거지?'

주조민은 자신이 어디서부터 잘못했기에 일이 이 지경에 이르렀는지 고민해 보았다.

하지만 떠오르는 것은 아무것도 없었다.

울트라 코리아

한편, 단둘이 남게 되자 김국진 사장은 자신의 아래에 무릎을 꿇고 있는 조주민을 내려다보았다.

'쓸 만하게 교육하려면 아직 멀었군.'

〈8권에서 계속〉